그까짓 개

그까짓 개

윤해연 지음

라임

차례

DOG

그냥 개

세상은 좋은 것보다 싫은 것투성이다. 그걸 일일이 나열하려면 죽을 때까지 세다가 인생이 끝나 버릴지도 모른다. 그럼에도 불구하고 가장 싫은 몇 가지를 세어 보려 한다. 내가 싫어하는 것들에 동의를 얻고자 하는 짓은 아니다. 내가 싫다고 남들도 싫어하는 건 아니니까.

나는 수학도 싫어하고 엄마 잔소리도 싫어한다. 잘난 척하는 봉필서도 싫어하고, 무진장 바쁜 아빠도 싫어한다. 옆집 재동이 형도 싫어하고, 황사나 불쾌한 냄새, 세상의 온갖 소음도 싫어한다. 그런데 지금 당장은 멍멍 짖는 개가 가장 싫다. 어떤 멍청한 개가 내 인생에 불쑥 들어와 버려서다.

"뭐야? 이런 데서 어떻게 저런 개를 키워?"

참치가 자꾸만 내 손등을 핥는다. 참치를 향해 "야!" 하고 겁을 주자, 꼬리를 엉덩이 밑으로 말고는 저만치 도망갔다.

"뭐, 어때? 옆집도 옥상에서 닭 키우잖아."

엄마가 날 째려보고는 뒤돌아 참치를 보았다.

우리 집 옥상에 있는 커다란 고무통이 지금 변신 중이다. 엄마는 고무통을 세워 놓고 반달 모양으로 톱질을 하고 있다. 새삼 놀라운 광경도 아니다. 엄마 손에 들려 있는 톱이나 망치, 펜치 같은 연장들을 그간 수없이 봐 왔기 때문이다. 마침내 고무통을 엎어 놓자 동굴 같은 입구가 생겼다. 이게 참치 집이다.

참치는 어제부로 우리한테 온 똥개다. 참치를 좋아한다고 참치란다. 김치를 좋아하면 김치가 될 수도 있다는 얘기다. 엄마의 이름 짓는 수준이 봉필서랑 비슷하다. 나는 강아지도 아닌 다 늙은 개를 데려왔을 때부터 마음에 들지 않았다. 예쁜 털이 있는 것도 아니고 누런 털에 처진 눈, 잘 짖지도 않는 개를 뭐 하러 키우는지 모르겠다.

"나중에 여기다 색칠하면 집 같은 집이 될 거야."

엄마는 고무통 개집이 마음에 드는 눈치였다.

"난 빼 줘."

"뭘?"

"색칠하는 거 말이야."

"당연히 너랑 필서가 해야지, 이 늙은 엄마가 해야겠니?"

"그럼 봉필서가 하면 되겠네."

"네가 형이잖아. 사이좋게 참치 집도 꾸며 주고 산책도 시키고, 그림 딱 나오네."

"그런 그림은 우리 사이에 나올 수가 없거든. 포기해!"

학원 시간을 핑계로 옥상에서 내려왔다.

골목 삼거리 모퉁이에 있는 삼층 건물이 우리 집이다. 아니, 정확히 말하면 삼층, 맨 위층이 우리 집이다. 당연히 여름에는 덥고 겨울에는 춥다. 맨 꼭대기 집은 다 그렇다고 했다. 누가? 일층 쌀가게 아저씨가 한 말이다. 나란히 붙은 반찬 가게 아줌마는 한술 더 떠서, 부잣집이 뭐 하러 여기 사냐며 혀를 찬다. 속도 모르고 하는 소리다.

이 건물은 정확하게 말하면 이모할머니 거다. 강원도 부자면 애정1길 12-6에 사는 우리 외할머니 동생 말이다. 이모할머니는 이 건물 일층에서 슈퍼를 하다가 나중에는 건물을 통째로 샀다고 한다. 백 원짜리 과자를 팔아서 산 건물이라고 만날 때마다 빼먹지 않고 말했다. 오죽했으면 돌아가신 외할머니도 그 소리가 지겹다며 질색을 할 정도였다.

하여튼, 엄마가 이 건물을 관리해 주는 대가로 우리가 여기서 살 수 있는 것이다. 사실은 말이 좋아 관리지, 건물 청소부고 잡부다. 이 말도 쌀가게 아저씨가 한 말이다. 계단에 전구가 나가거나, 물이 새거나, 고장이 나면 엄마가 출동한다. 물론 일이층 가게들이 나가거나 새로 들어올 때 일일이 쫓아다니며 계약하는 것도 엄마 몫이다.

참! 이층 돼지갈빗집 얘기를 빠뜨렸다. 시집을 못 간 돼지가 더 맛있는지는 모르겠지만 가게 이름이 그렇다. 어쨌든 '시집 못 간 돼지네' 때문에 미치고 팔짝 뛸 노릇이다. 갈비 냄새가 내 방까지 올라와 옷이며 책가방, 이불에서도 갈비 냄새가 나기 때문이다.

어떤 녀석은 우리 집이 고기 굽는 음식점을 하는 줄 알고 부럽다고도 했다. 일 년 열두 달 같은 냄새를 맡다 보면 그런 소리는 안 나올 것이다. 심지어 여름에는 창문도 열 수 없을 정도다. 계단에 늘어놓은 쓰레기봉투며 채소들도 구질구질하다. 퀴퀴한 냄새도 나고 아주 가끔 쥐도 볼 수 있다.

하지만 이런 건 다 참을 수 있다. 어차피 우리가 살 곳이 여기밖에 없으니까. 진짜 싫은 건 일 년에 두 번, 방학 때마다 이모할머니한테 가야 한다는 것이다. 우리 집이 없는 건 아빠 탓인데, 왜 이모할머니에게 우리가 인사를 하러 가야 하는지 모르겠다. 세상은 생각만큼 공평하지 않은 게 분명하다.

아빠가 병원에 다녀왔다. 흉터가 아직도 남아 있다. 이마에 난 흉터가 처음에는 징그러웠다. 바느질 자국이 선명해서 자꾸만 상상하게 된다. 하얀 가운을 입은 남자의 바느질 솜씨 말이다. 봉필서는 그걸 보면서 후크 선장이나 〈보물섬〉에 나오는 실버가 생각난다고 했다. 세상의 해적들은 저런 흉터가 있는 게 당연하다면서. 내가 한마디 해 줬다. 유치한 초딩 새끼!

한 달 전, 아빠가 출근길에 사고를 냈다. 잘 가다가 앞차를 들이받았다고 한다. 비슷한 사고가 올해만 벌써 세 번째인데, 이번 사고가 제일 심각하다. 이마가 찢어져서 스무 바늘도 넘게 꿰맸다.

이 일로 엄마랑 아빠 사이가 더 안 좋아졌다. 그 전에는 사이가 좋은지 안 좋은지 헷갈렸지만 지금은 뭐랄까……, 대놓고 안 좋아졌다. 순전히 사고 때문이라고 말하고 싶지만 아빠가 대책 없이 바쁜 것도 한몫했다.

물론 아빠들은 늘 바쁘다. 바쁜 아빠들 중에는 돈을 많이 버는 사람들도 있는데, 우리 아빠는 아니다. 엄마 말을 빌리자면, 실속은 없고 몸만 바쁜 거란다. 그나마 시간이 있으면 아빠는 내리 잠만

잤다. 얼마나 열심히 자는지, 자는 것도 일이라고 했다.

어쨌든 14년을 살면서 깨달은 게 하나 있다면, 사이가 좋으려면 한가한 시간이 많아야 한다는 것이다. 나랑 봉필서가 사이가 안 좋은 것도 따지고 보면 바빠서인지도 모르겠다.

"내일은 네 차례야."

아래층 침대에서 봉필서가 말했다.

녀석은 아직도 나한테 '너'라고 한다. 엄마가 잔소리를 하지만 그때뿐이다. 13년을 그따위로 살았는데, 이젠 기대도 안 한다. 쉽게 변하지 않는 게 인간이니까.

"뭐?"

"산책 말이야. 참치 산책시키라고 했잖아. 너 대신 내가 했다고."

"시끄러! 너 땜에 내 거 안 들리잖아."

봉필서는 일부러 음악을 크게 틀어서 듣고 있었다. 순전히 내 게임을 방해하려고 말이다.

"피시방 갔다가 늦게 왔잖아. 참치 산책시키는 거 안 하려고 일부러 그런 거 알거든. 내일도 그러면 엄마한테 이를 거니까 그렇게 알아."

"시끄럽다고 했잖아. 안 줄일래?"

도대체 개 새끼가 사람보다 더 대우받는 세상이다. 밥 줘, 집도 만들어 줘, 산책도 시켜 줘야 한다. 게다가 옷도 입히고 간식도 준다니, 웃기는 세상이다.

개는 그냥 개일 뿐이다. 개는 사람이 아니다. 개를 왜 사람처럼 생각하는지 도통 모르겠다. 더구나 개를 싫어한다고 하면 야만인 취급을 한다. 냉혈한으로 단정하거나 동정심이라고는 눈곱만큼도 없다고 손가락질한다. 모두 근거 없는 얘기일 뿐이다. 난 이층에 돌아다니는 쥐도 좋아하고, 해 뜨는 거랑 상관없이 울어 대는 재동이 형네 닭들도 좋아한다.

적어도 그런 것들은 좋다고 덤벼들거나 침을 바르거나 미친 듯이 꼬리를 흔들지 않는다. 세상에는 개를 좋아하는 사람과 개를 싫어하는 사람이 있을 뿐이다. 난 그저 개가 싫은 거다. 우리 아빠처럼 말이다.

아빠는 참치를 보자마자 인상부터 썼다. 인상만 쓴 게 아니라 방문을 꽝 닫고 안방으로 들어가 버렸다. 개 따위는 꼴도 보기 싫다는 표시였다. 급기야 어젯밤에는 엄마랑 크게 다투기까지 했다. 개 같은 건 필요 없다며 아빠가 소리를 질렀다. 엄마도 뭐라고 열심히 대꾸하는 것 같은데 분명하게 들리지는 않았다.

엄마는 도대체 무슨 생각으로 참치를 데리고 온 걸까? 적어도 한 사람이라도 반대한다면 개를 키우면 안 된다. 나까지 포함하면 두 사람이나 반대다. 봉필서, 이 녀석은 잘 모르겠다. 좋은지 싫은지 분명하지가 않다. 상황을 봐 가면서 유리한 쪽에 붙을 게 뻔하다. 머리 좋은 것들은 다 그렇다.

아빠의 반응에 나도 좀 놀라긴 했다. 그냥 개일 뿐인데…….

닭대가리 형

제임스가 울었다. 로라가 알을 낳았을까? 제임스와 로라는 재동이 형이 키우는 닭들 이름이다. 학교 앞에서 산 병아리가 이렇게 닭이 되었다. 옆집 얘기가 아니라면 믿지 않았을 것이다. 어쨌든 제임스가 시도 때도 없이 우는 건 외로워서다. 로라가 알을 낳지 않는 건 제임스 탓이 아니다.

모든 수컷이 모든 암컷을 사랑할 거라는 건 착각이라고 했다. 이건 재동이 형이 한 말이다. 제임스와 로라는 그냥 사는 거란다. 사랑과는 아무 상관 없이. 제임스와 로라는 한집에 살아도 외롭다. 우리 엄마 아빠처럼 말이다. 엄마 아빠는 아직도 서로를 사랑할까? 흠, 그건 아닌 것 같다. 그럼 우리는 어떻게 태어난 걸까? 엄마 아빠가 그걸 해서 우리를 낳았다니, 참…… 징그러운 일이다.

"낳았어?"

닭장 앞에 쪼그리고 앉아 있는 재동이 형을 향해서 소리쳤다. 힘껏 도움닫기하고 뛰면 건널 수 있는 옆집 옥상이지만 그래도 거리가 있다. 형은 고개도 들지 않고 고개를 저을 뿐이다.

"그 개는 뭐야?"

재동이 형이 닭장 뒤쪽으로 가면서 물었다. 나도 개집 뒤쪽으로 가서 섰다. 각자의 옥상에서 내려다본 동네 풍경은 똑같다.

"몰라. 엄마가 그냥 갖다 놨어."

재동이 형이 또 침을 잔뜩 모은다. 그러고는 '캭' 소리를 내면서 걸쭉한 침을 아래쪽으로 뱉었다. 미처 끊지 못한 침이 은색 거미줄처럼 형 입술에 매달려 있다. 우리는 고개를 숙여 아래를 쳐다봤다. 불발이다. 이번에는 내 차례다. 파마머리 아줌마가 다가오고 있었다. 침이 떨어지는 시간을 재빨리 계산해 본다. 하나, 둘, 셋, 퉤! 이번에도 불발이다. 지나가는 사람이 침을 맞는 날이 오긴 올까?

형은 중2이다. 나도 내년이면 중2가 된다. 형은 지금 중2병을 앓고 있다고 했다. 자기 입으로 그렇게 말했다. 중2병이 대체 뭘까? 아무리 봐도 아픈 것 같지는 않은데, 자기 입으로 아프다니 일단은 믿어 주기로 했다. 나 역시 그때가 오면 무턱대고 믿어 줄 그 누군가가 필요할 테니까.

지난주에 재동이 형이 고등학생은 어른이냐고 물었다. 어린이가 아니니까 그럴 수도 있다고 했다. 어떤 형한테 맞았는데, 그 형이 고등학생이란다. "아줌마한테 일러."라고 했지만 좋은 방법이 아니다. 그건 나도 알고 형도 알고 있다. 대개 이런 상황에서 엄마들은 일을 크게 만들기 마련이다. 초등학교를 나왔다면 누구나 아는 사실이다.

형은 차를 타고도 한 시간이나 걸리는 학교에 다닌다. 학교 이름이 믿음의 요람 '다니엘'이다. 무엇을 믿어야 할지 모르겠지만, 아줌마는 확실히 믿는 것 같았다. 그곳이 안전하고 특별하다고. 하지만 형은 안전하지 않아도 좋으니까 내가 다니는 '성서중'에 다니고 싶단다. 우리 학교가 안전하다는 믿음이 없는 나로서는 아줌마 말이 맞는 것 같았다. 물론 지금은 절대로 아니다. 우리한테 안전한 세상이 있기는 할까?

"개 보러 가도 돼?"

형이 물었다.

"안 돼."

"왜?"

"여기서 안 살 거야."

“그냥 잠깐 보기만 할게.”

“여기서 안 살 거라니까!”

“……그럼 이름이 뭐야?”

“몰라.”

여기서 살지도 않을 개 이름이 왜 궁금한 걸까? 하긴 이름부터 지은 엄마가 이상한 것이다. 그러고 보니 제임스 이름은 내가 지었다. 형이 영화 〈007 시리즈〉를 좋아해서 붙인 이름이다. 로라 이름은 형이 지었는데, 제임스가 있으니까 로라도 있어야 한다고 했다. 아무리 기억을 더듬어 보아도 〈007 시리즈〉에 로라가 나왔는지 생각나지 않는다. 그걸 확인하기 위해서 영화를 다시 볼 생각은 없다. 자꾸 부르니까 그 이름이 꽤 어울렸기 때문이다. 마치 영호와 윤서처럼 말이다. 둘의 조합을 떠올리니까 기분이 팍 나빠졌다. 영호와 윤서는 우리 반 회장이랑 부회장이다.

“내가 말한 대로 했어?”

지난번에 한 대 맞고 온 형한테 복수할 방법을 일러 줬다.

“아니.”

“왜 안 했어?”

“……”

“살짝 뱉으면 아무도 모른다니까.”

"그러다 들키면……?"

"식판 들고 가다가 살짝 뱉으란 말이야. 그렇게 쉬운 것도 못 해?"

식판 셔틀까지 하는 재동이 형이 이제는 답답할 정도다.

"……."

형이 내 쪽이 아닌 반대쪽으로 고개를 돌렸다.

"관둬라, 관둬. 그러니까 맨날 당하는 거야. 한 대 때리라는 것도 아니고 욕을 하라는 것도 아니고, 그 새끼 식판에 몰래 침 뱉는 건데 것도 못하냐?"

뭐라고 웅얼거리는 소리가 들렸다.

"뭐라고? 안 들려!"

소리를 버럭 지르자 형이 머뭇거리면서 대꾸했다.

"무섭단 말이야."

"뭐가 무섭냐? 대놓고 침 뱉는 것도 아닌데. 절대로 모른다니까, 그 새끼도 바보일 거 아니야."

아, 또 실수했다. 형이 제일 듣기 싫어하는 말을 해 버렸다. 바보들만 다니는 학교에 다니는 거냐고 물어서 형을 화나게 만든 게 그리 옛날 일도 아니다. 무엇보다 형은 바보라서 그 학교에 다니는 게 아니다.

대체 인간은 왜 같은 실수를 하는 걸까? 실수를 통해서 성장한다는 말은 개 풀 뜯어 먹는 헛소리가 분명하다. 누군가의 실수는 다른 누군가를 아프게 하기 때문이다. 얼마나 아팠는지 형은 그 말을 듣고 한 달이나 나한테 말을 걸지 않았다. 아예 아는 척도 하지 않았다. 그게 형한테 얼마나 어려운 일인지 나는 잘 알고 있다.

형이랑 나는 같이 자랐다. 이 동네 구석구석을 죄다 뒤지고 다녔다. 나보다 한 살 어린 봉필서는 그런 우리를 만날 쫓아다녔다. 그것도 울면서 말이다. 다세대 주택이나 빌라는 초인종을 누르고 도망치기가 딱 좋았다. 요즘은 그놈의 CCTV가 많이 달려 있어서 사라진 놀이지만. 우리는 현관에 있는 초인종을 누르고 도망 다녔고, 뒤늦게 따라온 봉필서가 억울하게 범인으로 몰렸다. 그렇다고 순순히 당할 봉필서도 아니었다. 한번은 억울하다면서 그 집 주인을 데리고 집까지 온 적도 있다. "범인은 재예요!" 하고 나를 가리켜 분란을 만들었다.

어느 때부턴가 형이 우리랑 다르다는 걸 알았다. 내가 형이랑 놀지 않게 된 것도 그 무렵부터다. 형을 싫어한 것도 그때부터였다. 왜냐하면 나는 형이 우리랑 다르다는 걸 아는데, 형은 알지 못해서다. 지금도 마찬가지다.

우리가 쪼그리고 앉아 한창 침 뱉기를 하고 있을 때 봉필서가 올라왔다. 참치가 꼬리를 마구 흔들며 봉필서에게 다가갔다. 나한테 하던 반응과는 사뭇 달랐다. 딱 삼 일 본 사이인데 저건 아니지 않나? 아니면 내가 모르는 둘만의 약속이 있을지도 모른다. 저 녀석을 이 집에 살게 해 준다는 음모 같은 거 말이다.

“야, 야, 심심했지? 형아가 놀아 줄까?”

어쭈! 어느새 형, 동생이 되어 있었다. 역시 무엇인가 있다. 봉필서가 다가오면서 나를 보았다. 금세 목소리부터 달라졌다.

“야, 똥 잔뜩 쌌잖아! 하긴, 오늘은 봉필중이 치울 거니까.”

“웃기고 있네.”

일어서서 허리를 쭉 펴면서 말했다. 재동이 형도 닭장 앞으로 나왔다. 봉필서가 형을 힐끔 쳐다봤다.

“치! 형도 있었네.”

“하던 얘기나 계속해. 뭔 소리냐고!”

“그제도 나 혼자 다 치웠거든. 집에 오면 참치 똥 치우고, 저녁 먹이고 나서 산책시키라고 했잖아. 네가 안 하면 내가 해야 된다고. 이거 봐 봐. 어제 네가 안 해서 치울 똥이 두 배가 됐잖아. 어제 싼 똥은 안 치울 거니까 그렇게 알아. 나중에 돈 꿔 달라는 소리도 하지 말고.”

엄마는 참치 산책과 똥 치우는 걸 가지고 용돈 인상을 약속했다.

그토록 애걸복걸할 때는 눈 하나 깜짝하지 않더니, 기껏 개 새끼 한 마리 때문에 용돈 인상이라는 카드를 꺼내 들었다. 내가 개보다 못하다는 증거가 바로 이거다.

게다가 엄마의 이런 일방적인 계약을 순순히 받아들인 봉필서는 어디가 모자라도 단단히 모자란 놈이 분명하다. 계약이라는 건 협상과 타결이 있는 법이다. 협상 없는 타결은 폭력이다. 11개월 차이가 이걸 알 턱이 없다. 일 년에서 한 달이 모자란 시간이라고 내가 형인 걸 인정 못 하는 저 머리로는 인생의 복잡한 구조를 이해할 수 없을 것이다. 엄마는 뭐가 급하다고 일 년도 안 돼서 봉필서를 낳았는지 모르겠다.

그나저나 한쪽에서 계약을 순순히 받아들였으니 나는 어떻게 해야 할까? 녀석 때문에 협상 한번 못 해 본 것도 억울하고, 돈 가지고 우리를 휘두르는 엄마의 계략도 치사하다.

"야, 어떻게 알아? 어제 싼 건지, 오늘 싼 건지?"

"넌 그러니까 안 되는 거야. 딱 보면 모르냐? 바짝 마른 건 어제 싼 거잖아."

"저 개 새끼가 어제 설사했으면?"

봉필서에게 다시 따져 물었다. 은근히 화가 났다.

"개가 설사하면 아픈 거거든!"

"맞아. 제임스도 아프면 똥 색깔이 달라."

형도 한마디 거들었다. 그러자 봉필서가 형한테 쏘아붙이듯 말했다.

"닭이랑 개는 다르거든."

"다르긴 뭐가 달라? 다 같은 동물이거든!"

봉필서한테 한마디 대꾸도 못 하는 형 대신 내가 말했다.

"알 낳는 거랑 새끼 낳는 거랑 그것부터 다르잖아. 아, 맞다! 로라는 알도 못 낳지?"

봉필서가 잔뜩 비꼬면서 말했다.

"못 낳는 게 아니고 안 낳는 거거든."

"나 내려갈래."

형이 어깨를 축 늘어뜨린 채 계단을 내려갔다.

로라가 알을 낳지 않는 건 형 탓이 아니다. 그런데도 로라 얘기만 나오면 형이 죄 지은 것마냥 미안해한다. 그런 형도 싫고, 그걸 알면서 말하는 봉필서는 더 싫다. 녀석이 내 동생이라는 게 참을 수가 없다.

"치사한 새끼, 시원하냐?"

봉필서를 힘껏 째려봤다. 녀석은 참치 머리를 연신 쓰다듬고 있었다.

"내가 뭐랬는데? 꼭 네가 재동이 형, 형 같다."

"너, 죽을래?"

"내가 뭘 어쨌는데?"

봉필서가 턱을 쳐들며 대들었다. 깐죽거리며 말하는 걸 보니 더 열이 올랐다. 내가 머리라도 막 쥐어박으려고 할 때였다.

"또 왜 그래? 뭐 때문에 그러는데?"

엄마가 쌀자루만 한 사료 포대를 들고 계단을 올라왔다. 커다란 포대에는 참치보다 큰 개가 그려져 있었다. 엄마는 '끙' 소리를 내면서 사료를 바닥에 내려놓더니 허리에 손을 얹고는 우리를 쳐다봤다.

"봉필중이 똥도 안 치우고, 산책도 안 시키잖아. 나도 이제 안 할 거야!"

"봉필중이 뭐야? 봉필중이! 형이라고 안 할래?"

엄마가 소리쳤다.

"왜 나한테 그래? 잘못은 형이 했는데!"

하여튼 녀석은 참 쉽다. 나 같으면 죽어도 형이라고 안 할 것이다. 한 번 '너'는 영원한 '너'다. 하지만 녀석은 엄마가 화를 내면 바로 형이라고 부른다. 전쟁이 나서 고문을 하면 제일 먼저 기밀을 불 녀석이다.

"아휴, 지겨워! 봉필중, 넌 용돈 필요 없어?"

"응, 난 안 하고 안 받을래. 그냥 주던 대로 줘."

"그래?"

엄마 눈썹이 꿈틀거렸다.

"어쩌니? 이제 그냥 주는 용돈은 없어. 아빠가 회사를 그만두거든. 필중이 넌, 용돈 필요 없다고 했지? 고맙네."

"뭐야, 아빠가 회사는 왜 그만두는데? 뻥치지 마!"

"뻥 아니고 사실이야. 이번엔 너희도 고통 분담을 같이 해야지. 필중이가 이런 사정을 알아서 해결해 주니까 고맙지, 뭐."

"그래도 주던 건 줘야지? 일주일에 육천 원 받는 애는 나뿐이라고. 우리 반에서 내 용돈이 제일 적단 말이야."

"필요 없다면서?"

"똥 치우고 산책시키면 고작 이천 원 더 준다면서? 그 돈이 필요 없다는 거지, 용돈이 필요 없다고 말한 건 아니거든."

"공짜로 주는 돈은 받고 똥 치우면 준다는 돈은 안 받겠다? 얘가 누굴 닮아서 이래? 이제 우리 집에서 공짜로 가져갈 돈은 없으니까 그렇게 알아."

"그런 게 어딨어?"

"아빠가 회사 그만둬서 그렇다니까."

"처음도 아니잖아. 또 며칠 놀다가 일할 거 아냐?"

이번에는 진짜 오래 다녔지 싶었다.

"그럼 우린 어떻게 먹고 살아? 내 학원비는?"

봉필서가 끼어들었다. 이런 상황에서 학원비나 걱정하다니 멍청한 녀석이다. 아니면 엄마의 뻥이 또 한 번 통하는 순간이거나.

엄마는 아무 말도 하지 않은 채 옥상 모서리에 포개어 놓은 고무통을 꺼내 왔다. 혼자 사료 포대를 들어서 고무통에 넣으려다 힘에 부쳤는지 내게 말했다.

"끝에 들어."

"싫어."

"그럼, 필서 네가 들어."

"치! 만날 나만 시키더라."

필서가 사료 포대 끝을 잡았다. 둘은 포대를 들어 올려서 고무통에 집어넣었다. 이 통은 뚜껑까지 있다. 아무짝에도 쓸모가 없던 붉은색 고무통이 참치 집이 되었고, 다른 하나는 사료 보관함이 되었다. 이쯤 되면 고무통의 삼단 변신이다.

"아빠가 싫어하는데 진짜 키우려고?"

"아빠도 좋아하게 될 거야."

"그건 엄마 생각이지."

"엄마, 봉필중이 어떻게 해?"

녀석이 또다시 끼어들었다.

"형!"

엄마가 냅다 소리쳤다.

"그러니까 형엉엉."

"그것도 걱정하지 마. 형도 결국엔 할 거야."

엄마가 나를 쳐다봤다. 못 들은 척하면서 조금 전의 상황을 고자질했다.

"저 새끼가 자꾸 재동이 형 놀려."

"새끼가 뭐야? 동생한테. 필서, 너 또 왜 그랬어?"

"내가 언제? 내가 언제 그랬는데?"

"그랬잖아. 로라가 새끼도 못 낳는다면서 놀렸잖아! 엄마도 알지? 지난번에 형한테 닭대가리라고 놀린 거 엄마도 들었지?"

"그때 다 혼났잖아!"

"아휴, 지겨워. 다들 시끄러. 좀 조용히 해!"

엄마가 귀를 막았다. 참치도 시끄러운지 자기 집으로 쏙 들어가 버렸다. 우리는 씩씩대면서 서로를 째려봤다.

"봉필서, 너 재동이 놀리면 안 된다고 했어, 안 했어? 재동이네 아줌마 또 쫓아오게 할 거야? 닭대가리, 로라 얘기 다 안 돼. 재동이 좀 그만 괴롭혀라. 걔도 불쌍한 애야."

"재동이 형이 뭐가 불쌍해? 엄마는 알지도 못하면서……."

엄마 말에 짜증이 났다. 나는 바로 옆에 있는 고무통을 발로 차며 투덜거렸다. 사료가 들어 있는 고무통을 찼는데, 놀라서 튀어나온 건 참치였다. 모두의 시선이 참치를 향했다.

재동이 형은 자기가 불쌍한 사람이 아니라고 똑똑히 말했다. 밥도 굶지 않고 엄마 아빠도 있고 친구도 있는데, 왜 그런 소리를 하는지 모르겠다고 했다. 듣고 보니 맞는 말이었다.

"얘들이 오늘따라 왜 이래! 피곤해 죽겠구만. 필서, 알았어?"

"……."

"대답 안 해?"

나를 째려보며 어깨만 크게 들썩이는 봉필서에게 엄마가 다시 물었다.

그때였다.

"싫어! 재동이 형은 닭대가리 맞거든!"

봉필서가 냅다 뛰어 내려갔다.

엄마와 나는 놀란 눈으로 서로를 마주 보았다. 봉필서가 사라지자 참치가 짖기 시작했다. 우리 집에 온 이후 가장 큰 소리로 짖었다.

시집 못 간 돼지의 슬픔

뻥이 아니었다. 아빠가 진짜로 회사를 그만둔 것이다. 아빠의 첫 번째 직장은 자동차를 파는 곳이었다. 몇천만 원짜리 차를 하루에 열 대도 넘게 팔았다나? 이모할머니가 파는 몇백 원짜리 과자랑은 금액부터 다르다고 엄마가 말했다.

그다음 직장은 차 가지고는 성에 안 찼는지 아파트를 파는 곳이었다. 여기저기 새로 지은 아파트를 따라서 출근을 했다. 새로 지은 아파트에는 늘 사람과 돈이 모여 든다고 했다. 하지만 새 아파트는 헌 아파트가 되거나 빈 아파트가 되었다. 사람과 돈도 떴다가 사라졌다. 그래서 이모할머니가 '떴다방'에 나가냐고 한 건지도 모르겠다.

이후에도 아빠는 많은 것을 팔러 다녔다. 정수기도 팔았고, 온수 매트에 건강 보조 식품인 약도 팔았다. 한 달도 안 된 온수 매트가 터져 버려 물바다가 되고, 우리도 먹지 않는 약이 거실에 나뒹굴었다. 아빠가 파는 물건은 점점 작아져 갔다. 급기야 지난주까지 팔던 게 바로 보험이었다. 달랑 종이 몇 장이면 충분했다.

엄마가 베란다 옆에 있는 작은방을 청소하기 시작했다. 외할머니 재봉틀이며, 이불, 딱 한 번 쓴 야외용 불판이랑 봉필서와 내가 가지고 놀던 장난감까지 죄다 끄집어냈다. 옥상에 올라가는 계단 옆의 창고에 넣기 위해서다. 천막으로 만든 간이 창고에는 아빠가 팔다 만 정수기와 온수 매트가 자리하고 있었다.

순식간에 멀쩡한 방이 하나 만들어졌다. 그곳을 보는 순간, 내 방이 생겼다는 것을 알 수가 있었다. 봉필서가 없는 시간에 짐을 빼는 것도 그랬고, 딱 꼬집어서 내게 도와 달라고 말한 것도 그래서다. 드디어 엄마도 중학생에게는 자기만의 방이 필요하다는 걸 인정한 셈이다. 너무 늦지 않아서 다행이다.

짝이 안 맞는 레고 상자를 막 정리하고 있을 때였다.

"어때? 이만하면 됐지?"

엄마가 창문을 바라보면서 감격적인 목소리로 물었다.

"응, 그런데 침대는 어떻게 해?"

"무슨 침대?"

엄마가 날 쳐다봤다.

"이층 침대 말이야. 여긴 너무 좁아서 둘 데가 없잖아. 아~, 알았어, 알았어. 난 그냥 바닥에서 자도 돼. 어차피 봉필서 움직일 때마다 소리도 나고, 필요 없어."

"무슨 소리야?"

"침대는 안 가져온다고. 봉필서 다 가지라고 해."

헤헤거리며 웃었다. 자꾸만 웃음이 새어 나왔다.

"여기?"

엄마가 눈을 동그랗게 떴다.

"응!"

크게 고개를 끄덕이며 엄마를 뚫어져라 쳐다봤다.

"네가 무슨 방이 필요해? 김칫국 좀 그만 마셔. 이 방 아빠가 써야 된대."

어쩐지 일이 잘 풀린다 싶었다. 그럼 그렇지, 인생은 늘 내가 바라는 것과 반대다. 레고 상자를 그 자리에 놓고 옥상으로 올라가 버렸다. 제임스가 '꼬끼오' 하고 울었다. 내가 올라온 걸 아는 걸까? 그럴 리가…….

안방도 부족해 작은방도 아빠가 써야 한단다. 작업을 할 거라고 했다. 공부방도 아닌 작업방이라, 도대체 그곳에서 할 작업이 무엇인지 궁금했다. 이번에는 아예 만들어서 팔아야 하는 물건인가? 아빠의 작업방이라는 소리에 내 방이 멀리 날아가 버렸다. 이대로라면 평생 동안 내 방이란 걸 가져 보지 못하고 죽어 버릴지도 모른다.

옥상에는 참치가 배를 쫙 깔고 누워 있었다. 세상에서 가장 속이 편한 놈이다. 녀석은 내가 올라오자 고개를 바짝 들었다가 다시 떨어뜨렸다. 앞발로 심드렁하게 얼굴을 한 번 비벼 댔다. 봉필서가 아닌 나라는 걸 알았다는 표시다.

나는 일부러 참치와 멀찍이 거리를 두고 섰다. 참치 맞은편이다. 그곳에서는 삼거리가 잘 보인다. 있어야 할 가게는 거의 다 있다. 쌀가게 앞에는 순댓집이 있고, 그 옆에는 떡집도 있다. 조그만 생활용품점도 있고, 꽤 큰 과일 가게도 있다. 빼곡히 들어선 빌라들이 그 뒤를 이었다.

참치가 갑자기 짖기 시작했다. 웬만하면 잘 짖지 않는 녀석이다. 뒤돌아 참치를 보았다. 앞다리를 모은 채 낮은 자세로 고개를 빼고 으르렁거리고 있었다.

"왜?"

버럭 소리를 지르자 참치가 왈왈 짖기 시작했다. 나를 보면서 두어 번 짖더니 자기 집 쪽을 보면서 짖기도 했다. 내게 고자질을 하는 것 같았다.

"뭘 봤는데?"

나는 주변을 훑어봤다. 아무것도 없었다. 옥상이라고 해 봐야 안 쓰는 외할머니의 장독 몇 개랑 어디서 쓰다 만 나무판이며, 시집 못 간 돼지네가 올려놓은 잡동사니가 다였다. 깨끗하게 정돈된 재동이 형네 옥상이랑은 달랐다.

참치가 내 쪽으로 잽싸게 뛰어왔다. 내 다리 뒤에 숨더니 자기 집 쪽을 향해서 여전히 짖어 댔다. 큰 덩치가 내 다리로 감춰질 턱이 없는데도 말이다. 단단히 겁을 먹은 게 틀림이 없었다. 나도 괜히 긴장이 되었다. 눈을 부릅뜨고 주위를 살펴봤다.

시커멓고 주먹만 한 게 개집 사이로 사라졌다. 순식간이라서 자세히 볼 수가 없었다. 나와 참치는 그 자리에 쪼그리고 앉아 움직이지 않았다. 눈알만 열심히 굴렸더니 나중에는 눈이 다 아팠다. 몇 분이나 지났을까? 손바닥만 한 쥐 새끼가 장독 사이에서 나오더니 참치 밥을 먹기 시작했다. 참치가 또 '왈왈' 짖었다.

참치 머리를 한 대 쥐어박았다.

"애고, 덩칫값 좀 해라. 그냥 쥐 새끼잖아!"

참치가 골이 난 표정으로 옥상 모퉁이로 가서 앉았다. 소심한 녀석이 삐치기도 잘한다.

그때 계단을 올라오는 발소리가 들렸다. 촐싹거리는 게 봉필서다. 참치가 계단참까지 뛰어가 앞발을 들며 껑충거렸다. 꼬리를 있는 대로 흔들었다.

"알았어, 알았어. 심심했지?"

녀석이 뭔가를 주머니에서 꺼냈다. 참치 통조림이었다. 뚜껑을 따더니 참치 앞에 내밀었다. 참치는 침까지 질질 흘리면서 봉필서와 통조림을 번갈아 쳐다보기만 했다. 봉필서의 명령을 기다리는 눈치였다.

봉필서가 나를 힐끔 쳐다보더니 참치에게 외쳤다.

"먹어!"

봉필서 말이 끝나자마자 참치가 통조림에 코를 박듯이 묻었다. 순식간에 통조림 속의 참치를 훑기 시작했다. 일 분도 안 돼 통조림이 비었다. 봉필서가 '씨익' 웃으며 참치 머리를 쓰다듬었다. 속으로는 놀랐지만 아무렇지 않은 척했다. TV에서만 보던 광경을 실제로 보니까 신기했다. 언제 저런 훈련을 했는지, 나도 당장 해 보고 싶었다.

"봤냐?"

"뭘?"

"참치는 보통 개가 아니야. 훈련을 잘 받은 개라는 거지. 분명히 경찰이나 군인들 따라다니면서 범인이나 마약 같은 걸 찾았을 거야."

"웃기고 있네! 그런 개들은 셰퍼드가 대부분이거든. 생긴 것부터 완전 다르다고."

"앗! 엄마~~~!"

한참 말하고 있는데 봉필서가 펄쩍 뛰어오르며 소리를 질러 댔다. 쥐를 본 것이다. 녀석이 하도 호들갑을 떠는 바람에 쥐는 온데간데없이 사라져 버렸다.

"봤지? 쥐가 참치 밥 먹는 거 맞지?"

"그래서?"

"그래서라니? 쥐 새끼가 참치 밥 먹잖아."

"잡식성이니까 그럴 수도 있지."

"넌 어떻게 그렇게 말하냐? 나쁜 병균이라도 옮기면 어쩔 건데?"

녀석은 쥐가 옮기는 병에 대해서 줄줄이 읊어 댔다. 식중독, 유행성 출혈열에 이어서 나온 페스트는 얼마나 유명한지 소설에도 등장했다고 한다. 그간 우리 집에 종종 등장했던 쥐들을 봤을 때와는 전혀 다른 일장 연설이었다. 그 연설이 어설픈 잔소리로 끝났어야 하는데 녀석이 일을 크게 만들고 말았다. 엄마한테 쪼르륵 달려가 고자질을 한 것이다.

엄마가 '시집 못 간 돼지네'로 쫓아갔다. 쥐 때문에 이층 아저씨랑 부딪치는 게 벌써 두 번째다.

"아, 글쎄 요즘에는 못 봤다니까요."

아저씨가 두른 앞치마에 피가 묻어 있었다. 면장갑을 끼고 나왔는데 거기에도 피가 배어 있다.

"여기에 있던 쥐들이 옥상에 올라와서 개밥을 먹는다니까요!"

"그게 여기에 있던 쥔지 어떻게 압니까?"

아저씨가 장갑을 벗으며 말했다. 손이 무진장 컸다.

"지금 저랑 장난하세요?"

엄마도 단단히 화가 난 것 같았다.

"아니, 제가 거기로 가라고 한 것도 아닌데 어쩌라고요?"

"정말 안 되겠네! 이참에 옥상에 있는 물건도 다 치우시고요. 통로도 다 비워 주세요. 보자 보자 하니까 진짜 보자기로 안다니까!"

엄마가 매몰차게 말했다. 이모할머니가 자주 쓰는 보자기까지 나왔다.

"뭐라고요? 못 하겠다면요?"

아저씨의 목울대가 출렁거렸다. 목에 핏대를 세우며 고개를 빳빳이 들고 말했다.

"어……머, 어머, 이 사람이 진짜……? 가게 빼요!"

엄마 얼굴이 빨갛게 달아올랐다. 당장이라도 울 것 같았다. 가게를 빼라고 말을 할 때는 목소리까지 갈라졌다.

사방이 순식간에 조용해졌다. 핏대를 세우던 아저씨도, 낯빛을 붉히던 엄마도 숨을 죽였다. 계단에서 보고 있던 우리도 마찬가지였다. 나도 모르게 한숨이 나왔다. 마지막 말은 엄마가 하지 말았어야 한다.

"나 원 참, 드러워서……. 알았어요, 알았어. 나중에 딴소리나 하지 마쇼!"

아저씨가 앞치마를 풀었다. 엄마가 두어 걸음 뒤로 물러섰다. 가게 안에서 밖을 내다보던 식당 아줌마들이 재빨리 사라졌다. 아저씨는 거칠게 문을 열고는 안으로 들어가 버렸다.

엄마는 계단 난간을 짚으며 집으로 올라왔다. 마치 링에서 싸운 권투 선수가 간신히 이기고 올라오는 것 같았다. 게다가 소파에 눕자마자 참치한테 사료 이외에는 어떤 음식도 주지 말라는 명령을 내렸다. 괜히 우리한테 화풀이다. 봉필서는 들은 척도 하지 않고 학원에 가야 된다면서 나가 버렸다. 눈치 하나는 끝내주게 빠르다.

"엄마가 너무한 거야."

"뭐라고?"

엄마가 벌떡 일어나 앉았다.

"봉필서 말만 듣고 쫓아간 거잖아. 그게 이층에서 올라온 쥔지 엄마가 어떻게 알아?"

"그럼, 쥐가 어디서 나타난 건데?"

"원래 옥상에서 살았었나 보지. 쥐가 사는 곳이 정해진 건 아니잖아."

"몰라, 몰라. 이층 때문에 쥐가 많아진 건 사실이란 말이야. 근데 진짜 나간다고 하면 어쩌지? 이모가 알면 가만있지 않을 텐데……."

엄마가 다시 누웠다.

"그러니까 봉필서를 너무 믿으면 안 된다니까. 엄만 그게 문제야."

"아, 시끄러. 그렇잖아도 심란해 죽겠는데 왜 너까지 옆에서 부채질이야. 학원 안 갈 거야?"

"갈 거야."

도대체 그깟 개가 뭐라고. 내가 보기에는 옥상에 나타난 쥐 때문에 그런 게 아니다. 쥐들이 사료를 먹은 게 문제다. 그 개가 그렇게 중요한가? 엄마가 원래 개를 좋아했는지 생각해 봤다. 도무지 기억이 나지 않는다. 사실, 엄마는 돈 말고는 관심 있는 게 많지 않다. 아! 있긴 있다. 봉필서가 가져오는 성적표 말이다. 그 외에는 모든 걸 돈으로 계산하는 버릇이 있다. 이게 돈이 되는지 안 되는지 말이다.

저녁을 먹고 나서 참치를 끌고 나왔다. 너무 늙어서 계단을 무서워한다. 뭔 놈의 개가 쥐도 무서워하고 계단도 무서워한다. 진짜 개가 맞나 싶다. 십이 년이나 살았으면 세상에 적응하고도 남을 시간인데 말이다.

동네를 한 바퀴 돌았다. 혹시 다니다가 똥이라도 쌀까 봐 봉지랑 휴지까지 들고 나왔다. 휴대용 화장실까지 들고 다니는 셈이다. 완전 귀족이 따로 없다.

집에 거의 다 왔을 무렵, 아빠를 보았다. 만난 게 아니라 본 것이다. 내 앞에서 걷고 있었다. 걸음이 이상했다. 또 술을 마신 것 같았다. 퇴근은 아니다. 회사를 그만뒀으니까 당연히 퇴근도 없다. 그런데 잘 걷던 아빠가 쌀가게에서 내놓은 자루에 걸려서 넘어지고 말았다. 콩을 담은 자루인지 쌀자루인지, 자루가 무너지면서 아빠도 그 위로 무너졌다. 속으로 '그럼 그렇지.' 소리가 절로 나왔다.

"아이고, 괜찮아요?"

아저씨가 쫓아 나왔다. 나는 그냥 뒤에 서서 지켜봤다. 아는 척하고 싶지 않았다.

"아, 아, 괜찮습니다. 죄송합니다, 죄송해요."

아빠가 연신 고개를 숙이며 사과했다.

"필중이 아버지네! 술 좀 자셨구먼. 괜찮소?"

아저씨가 아빠 허리를 잡아 주었다.

"아, 제가 미처 못 봤네요……."

"이걸 왜 못 봤을까? 만날 있던 자리에 있는 자룬디……."

아저씨가 자루를 세우다가 나를 보았다.

"어, 필중이 거기 있었네. 잘됐다. 아부지 모시고 올라가거라."

어정쩡하게 서 있던 나는 여전히 쭈뼛거리며 가까이 다가서지 못했다.

"뭐 허냐? 아부지 또 넘어지실라, 어여 모시고 올라가."

아저씨가 가게 안으로 들어가자 아빠가 뒤돌아 나를 보았다. 그러고는 참치를 쳐다봤다. 처음 보는 생명체라도 되는 것처럼 뚫어져라 바라보았다. 얼마나 그러고 있었을까? 시간이 길게 느껴졌다. 아빠가 비틀비틀하면서 상가 안으로 들어갔다. 우리도 그 뒤를 따라 들어갔다.

아빠가 앞서서 계단을 오르고 나와 참치는 뒤따라갔다. 다행히 참치는 계단을 내려오는 건 무서워하지만 올라가는 건 제법 잘한다. 아빠가 갑자기 멈춰 섰다. 그러고는 뒤돌아 나와 참치를 내려다봤다. 잘못한 것도 없는데 이상하게 가슴이 두근거렸다. 참치도 무서웠는지 내 뒤로 자꾸만 숨었다.

"산책시키고 오냐?"

아빠가 처음으로 아는 척을 했다.

"응."

"이쁘냐?"

지금 상황에 맞는 질문인지 헷갈렸다.

"별루……."

"그래?"

그러고는 살짝 웃는 것 같았다. 분명히 그랬다.

"술 마셨어?"

"조금."

"조금 마셨는데 왜 그래?"

"뭐가?"

"잔뜩 마신 사람처럼 넘어졌잖아?"

"자식, 많이 컸네. 봉필중……."

엉뚱한 대답뿐이다.

삼층에 올라와 보니 엄마가 누군가랑 현관에서 얘기를 하고 있었다. 이층 돼지네 아저씨였다.

"사모님, 아까는 죄송했습니다. 제정신이 아니었어요. 제가 통로도 다 치우고 그놈의 쥐 새끼도 죄다 잡을 테니까 아까 한 말은 못 들은 거로 해 주세요."

"아니, 제가 사장님한테 한 말은 그런 뜻이 아니고, 통로를 깨끗하게 치우면 손님들도 좋을 거고……. 사실, 손님이 올라오다가 쥐라도 보면 어떻게 해요……."

엄마가 말을 하다 말고 아빠랑 나를 쳐다봤다. 아저씨도 뒤돌아서 우리를 봤다.

"아이고, 형님 오셨네."

이층 아저씨가 깍듯이 인사를 했다.

"아, 예."

아빠도 고개를 숙여 꾸벅 인사를 하고는 엄마에게 무슨 일이냐고 물었다.

그때였다. 돼지네 아저씨가 훌쩍이기 시작했다. 덩치가 큰 아저씨가 우니까 슬퍼서 우는 것 같지가 않았다. 아저씨는 아까 미안했다면서 울었고, 누구네 쥐였든 자기가 꼭 잡을 거라면서 울었다.

아빠는 담담하게 아저씨가 하는 얘기를 들었다. 앞뒤가 바뀌고 순서가 엉킨 이야기였지만, 무슨 일이었는지 충분히 알 수가 있었다. 가만히 듣기만 하던 아빠가 오히려 아저씨한테 사과를 했다. 그러자 아저씨가 펑펑 울기 시작했다. 이 가게를 어떻게 얻었는지 백만 년 전 이야기부터 풀어내기 시작했다. 아빠가 아저씨의 넓은 어깨에 손을 얹었다. 아저씨는 어깨를 들썩이며 울더니 갑자기 아빠의 가슴팍에 기대어 흐느끼기 시작했다.

곧이어 이상한 상황이 발생했다. 뻣뻣하게 서 있던 아빠가 아저씨를 부둥켜안고 울기 시작한 것이다. 마치 슬픈 일을 동시에 겪은 형제 같았다. 우리는 너무 놀라서 말을 잃은 채 두 사람을 바라볼 수밖에 없었다. 다 큰 남자 둘이 서로 부둥켜안고 우는 장면을 어떻게 해석해야 할지 몰라 난감했다.

사는 건 만화가 아니다. 그런데 때때로 만화 같은 장면들이 실제로 벌어지기도 한다. 지금처럼 말이다. 만화라면 당연히 웃어야 하는 타이밍인데, 진짜니까 그럴 수가 없었다.

잠시 후 울음을 그친 아빠는 엄마한테 인정머리 없다고 쏘아붙였다. 이 건물이 당신 거냐면서 엄마를 무안하게 만들었다. 돼지네 아저씨는 세상에서 가장 불쌍한 표정으로 눈물을 닦아 냈다.

아빠와 아저씨는 사이좋게 이층으로 내려갔다. 엄마는 얼굴이 붉으락푸르락해져서 집으로 들어가 버렸다. 완전히 KO패를 당한 선수 같았다. 아마도 당분간은 링 위에 못 올라가지 싶었다.

세상은 다 그런 거야

이상하다. 아빠가 이상하다. 봉필서가 공부 잘하는 것도 이상하고, 11개월 늦게 태어났으면서 나보다 머리 하나가 큰 것도 이상하다. 재수 없는 영호랑 친절한 윤서가 사귀는 것처럼 말이다. 이상한 건 넘쳐나지만 요즘의 아빠는 그중 제일 이상하다.

아빠도 공부를 못했다고 고백했다. 모처럼 시집 못 간 돼지네가 문을 닫은 날이었다. 우리는 거실 창을 활짝, 아주 활짝 열어 놓았다. 삼거리를 지나는 차들이 빽빽거리면서 경적을 울렸지만 용서할 수 있었다. 황사 때문에 뿌연 하늘이긴 해도, 가을은 가을이었다.

아빠가 내 앞에서 책을 읽고 있다. 이런 모습은 상상도 못 해 본 일이다. 제목이 《새의 감각》이었다. 새의 모든 걸 밝혀 주는 책이라나? 아빠는 책장을 넘기다가 혼잣말처럼 중얼거렸다.

"공부 좀 열심히 해서 조류학자가 될 걸 그랬어."

엄마는 일층 가게들이 공동으로 쓰는 화장실이 막혀서 내려가 있었다. 봉필서는 중학 영어 심화 과정을 들으러 나간 후였다.

"그게 뭔데?"

나는 수학 문제집에 나온 그래프를 보고 한 반의 평균 몸무게를 알아내는 중이었다. 그게 오늘 내가 풀어야 하는 숙제다. 집에서 학교 공부를 한다는 건 나한테 기적 같은 일이다. 하지만 이 숙제는 어쩔 수 없었다. 내 멘토인 윤서가 낸 숙제라서 그렇다. 수학 능력자가 수학을 포기한 수포자를 한 명씩 맡았다. 수포자는 나고, 능력자는 윤서다.

"새에 대해서 연구하는 사람들을 그렇게 불러."

아빠가 말했다.

"그걸 누가 몰라? 그러니까 조류학자가 돈을 잘 버냐고? 우리 선생님이 공부 잘해야 나중에 돈을 많이 벌 수 있다고 했거든."

"이렇게 유명해지면 돈도 제법 벌겠지. 그런데 공부를 잘해서 조류학자가 돼도, 유명하지 않아서 돈을 못 벌 수도 있지."

"그럼 직업으로 할 만한 건 아니네."

"모든 직업이 돈을 많이 벌어야 한다고 생각하는 거야?"

"당연한 거 아냐? 그래야 먹고살지. 아빠도 돈을 많이 벌려고 공부한 거 아니었어?"

"아니, 공부하는 거랑 돈 버는 거랑 심각하게 생각해 본 적이 없어. 공부야 남들 다 하는 거니까 한 거지. 그래서 잘하지 못했나 보다……. 나 같은 사람이 이런 걸 했어야 돼. 하긴, 그땐 새에 관심이 없었구나."

마치 아주 중요한 걸 이제야 알고 후회하는 것 같았다.

"차라리 새가 되고 싶다고 해. 조류학자가 꿈이라는 사람은 없거든. 근데 가끔 전 새가 되고 싶어요, 전 외계인이 되고 싶어요. 이런 애들은 있어."

결국 숙제는 포기했다. 반 평균 몸무게 따위가 무슨 소용이 있을까? 모든 아이들은 둘 중 하나다. 식은 밥이라도 더 줘야 할 것처럼 삐쩍 말라비틀어졌거나, 먹다 만 밥이라도 뺏어 와야 할 것 같이 뚱뚱하거나다. 중간이 없는 이 현상은 다른 것도 마찬가지다. 공부 잘하는 놈, 못하는 놈, 잘사는 놈, 못사는 놈, 잘난 놈, 못난 놈……. 세상은 대척점으로만 가득하다. 중간이 없어진 건 우리 탓이 아니다.

"새라……, 그거 좋은데. 봉필중 우리 새 구경 갈래?"

"무슨 새?"

나는 고개를 돌려 아빠를 바라봤다. 아빠는 창밖을 내다보고 있었다. 하늘을 보고 있는 건지 지나가는 새를 보고 있는 건지 잘 모르겠다. 잠시 후 엄마가 올라와서 잔소리를 늘어놓았다. 황사가 있는 날 창문을 열어 놓으면 어떻게 하냐면서 창문을 닫았다. 지겹다, 라는 말이 서너 번 나올 때쯤 아빠는 조용히 일어나 작업방으로 들어가 버렸다.

아빠의 요즘 작업은 독서다. 그 작업을 위해서 끊임없이 책들을 사다 날랐다. 주로 헌책들이었지만 간혹 새 책도 섞여 있었다. 종류도 다양했다. 잡지, 만화책, 그냥 책, 심지어 국어사전을 볼 때도 있었다. 어쩌면 책 속에서 다음에 팔 물건을 발견할지도 모르겠다.

봉필서가 많이 바쁘다. 6학년이 벌써 중급 중학 영어랑 수학을 배우고 있다. 정작 이걸 해야 하는 건 난데 말이다. 물론 이딴 학원을 억지로 보내지 않는 엄마에게 고마운 건 사실이다. 밑 빠진 독에 물 붓는 것처럼 돈이 아까운 일이기도 하지만, 엄마가 내 공부를 포기한 건 작년에 있었던 그 일이 결정적이었다.

그날 나는 두 시에 기성이와 전철역에서 만나기로 했다. 먼저 나가서 사전 답사를 한 번 더 하려고 서둘렀다. 큰길 건너 아파트 단지로 이사 간 기성이는 나의 베스트 프렌드다. 녀석이 이사를 간 건 초등학교 졸업식이 얼마 남지 않았을 때였다. 이사를 갈 때는 서운해하더니 가고 나서는 무진장 바빠졌다. 피시방에도 잘 오지 않고 내 전화도 자주 씹었다.

"거기 학원 많냐?"

기성이는 처음 보는 학원 가방을 들고 나왔다. 이십 분이나 늦게 나와 놓고 미안하다는 사과도 하지 않았다.

"겁나 많아. 큰길보다 안쪽으로 가면 더 많아."

"아파트 좋냐?"

"그런 것 같더라. 요즘도 반팔 입고 지내니까. 옛날 내 방은 엄청 추웠잖아."

놀러 가면 좁은 침대에서 같이 게임하고 자던 일이 생각났다. 그 방은 많이도 추웠다. 그렇게 붙어서 자도 그랬다.

"너희 학교 좋더라. 그래도 고등학교랑 운동장 같이 쓰니까, 그건 좀 그렇겠다."

"대신 실내 체육관이 있어. 되게 넓어."

"그래?"

기성이가 고개를 끄덕였다.

"근데……, 그거 진짜 하려고?"

기성이가 가방을 고쳐 메며 물었다. 책이 꽤 많이 들어 있는 듯했다.

"재밌잖아. 나중에 이거 생각날걸?"

"……위험하지 않을까?"

"야, 이기성. 너 많이 약해졌다. 예전에는 네가 이런 거 더 좋아했잖아."

"초딩들이나 그렇지……."

"우리 아직 초딩이거든."

"한 달도 안 남았잖아."

"그래도 초딩이니까 이걸로 끝내자는 거지. 우리의 마지막 초딩 시절을 확실하게 장식해야지. 다른 애들은 친한 애들끼리 사진 찍는다는데 그런 게 진짜 유치한 거야. 그 사진 몇 년만 지나 봐라, 어디 있는지 기억도 안 날걸?"

투덜거리는 기성이를 끌고 전철역 안으로 들어갔다.

"확실하게 잰 거야?"

기성이는 불안하게 날 쳐다봤다. 좋은 동네로 이사를 가면 겁도 많아지는 걸까? 잔뜩 긴장한 녀석이 마음에 들지 않았다.

"스무 번도 넘게 재 봤어. 시뮬레이션이라고 아냐? 오죽하면 내가 그것도 해 봤다니까."

"진짜 이걸 해야 초딩 딱지를 떼는 거라고 생각하는 거야?"

사실은 겁만 주려고 했다. 자꾸만 날 피하는 기성이를 놀려 주고 싶었다. 아니, 내가 여기에 있는데 왜 자꾸 모르는 척하냐고 묻고 싶었는지도 모른다.

"다음 전철이 오는 시간이 가장 짧을 때가 사 분이야. 보통은 칠팔 분, 길게는 십 분도 넘게 기다려야 한다고. 내가 수십 번 재 봤어."

"그러다 무슨 일 벌어지면 어쩌려고……."

"별거 아니거든. 저것만 찍고 오는 건데 뭘 그래?"

시커먼 선로가 더 어두워 보였다. 뛰어내릴 것도 아닌데 선로가 괴물 입속처럼 보였다. 뚫어져라 선로를 노려보고 있을 때였다.

기성이가 내 팔을 잡았다.

"야, 봉필중! 진짜 유치하거든."

유치해? 그 말에 화가 훅 치밀었다. 갑자기 잘사는 척, 공부에 목숨을 건 척하며 나와는 다른 종족이 된 것에도 화가 났다.

"뭐가 유치해? 네가 더 유치하……."

기성이 손을 확 뿌리치다가 그만 중심을 잃고 말았다. 그대로 나는 선로 안으로 떨어졌다. 얼른 일어나서 난간을 붙잡았다. 넘어지면서 손으로 먼저 땅을 짚어서 그런가 손목이 시큰했다. 무릎도 아팠지만 생각할 틈이 없었다. 괴물 입속 같은 이곳에서 벗어나야 한다는 생각뿐이었다.

그때 누군가 소리를 질렀다. 안경을 쓴 아저씨가 승강장에 올린 내 손을 잡더니 확 끌어당겼다. 나는 날아오르듯 승강장 위로 들어 올려졌다. 그리고 전철이 들어왔다. 전철 소리가 유난히 크게 들렸다.

어딘가에서 호루라기 소리가 들렸다. 그제야 이리저리 기성이를 찾았다. 녀석은 보이지 않았다. 역무원이 쫓아왔지만 기성이를 찾느라 도망칠 기회를 놓치고 말았다. 나는 역 사무실로 끌려갔고, 조금 뒤 연락을 받은 엄마가 달려왔다. 하얗게 질린 얼굴이었다.

어른들은 내게 따지듯 물었다.

"걔가 누구야?"

기성이가 날 밀었다고 생각하는 모양이었다. 현장에 있던 사람들이 그렇게 말한 것 같았다.

"저 혼자 실수로 떨어진 거라니까요."

"진짜 실수 맞아?"

"네……."

"이 녀석아, 너 운이 좋아서 살았어. 그런 데서 장난치면 안 되는 거 알아, 몰라?"

"알아요."

"아는 녀석이 그래?"

"……"

"하여튼 요즘 애들은 문제야, 문제……."

엄마는 여러 번 고개를 숙여 사과를 했고, 교육을 단단히 시키겠다며 다짐도 했다. 집에 오는 내내 엄마는 아무 말도 하지 않았다. 앞서가면서 한 번도 나를 돌아보지 않았다. 뒷모습만 봐도 얼마나 화가 났는지 알 수가 있었다. 집에 오자마자 나는 내 방에 들어가서 꼼짝도 하지 않았다. 거실이 쥐 죽은 듯이 조용했다.

잠시 후 엄마가 방문을 벌컥 열어젖혔다. 나도 모르게 심장이 요동쳤다.

"진짜 실수 맞아?"

"그렇다니까."

"진짜지?"

"아이, 진짜 짜증 나. 몇 번이나 말해야 돼!"

오히려 내가 더 소리를 질러 댔다. 엄마는 그 흔한 '지겨워.' 소리도 하지 않았다. 가는 한숨이 다였다.

엄마는 세 가지 경우를 의심하는 것 같았다. 누가 밀었거나, 내 실수이거나, 혹은 내 실수가 아니거나. 학원을 그만 다니겠다는 소리에도 군소리 없이 허락한 건 이 세 가지 중 최악이 있기 때문이었다. 내 실수가 아닐 경우 일부러 떨어졌다고 생각한 것이다. 세상에는 싫은 것들이 차고 넘치고, 가장 친한 친구는 날 배신했지만 그렇다고 자살을 할 만큼은 아니었다. 적어도 그때는 그랬다.

조류학자라는 단어를 잊어 갈 때쯤 아빠가 진짜 새를 보러 가자고 했다. 봉필서는 펄쩍 뛰며 다음 주에 가자고 우겼다. 과학 동아리에서 별자리를 보러 가기로 한 날이 내일이라며 투덜댔다. 그래서 나는 갈 거라면 꼭 내일이어야 한다고 했다. 이유 같은 건 없었다. 봉필서가 째려봤고, 엄마가 혀를 찼다. 엄마도 봉필서도 심지어 아빠까지 나를 설득하려 했지만, 나의 결심은 흔들리지 않았다. 곧이어 새 따위는 관심 없다는 봉필서의 고백이 이어졌고, 결국 새 보러 가는 일은 내 뜻대로 되었다.

다음 날, 누군가는 별을 찾아 엄마와 함께 떠났고, 우린 새를 찾아 전철을 탔다. 아빠와 전철을 같이 타 본 적이 있었나? 십사 년 동안 몇 번은 탔을 것 같은데, 마치 처음 같았다. 어색할 뿐 아니라 심심하기도 했다.

아빠는 내 옆자리가 비자 얼른 앉았다.

"2호선 덕분에 엄마랑 결혼했다는 거 말했나?"

휴대폰으로 게임을 하고 있어서 처음에는 잘 알아듣지 못했다.

"응?"

"아빠랑 엄마랑 어떻게 결혼까지 하게 된 건지 말했냐고?"

"그런 걸 말할 정도로 우리가 친하지는 않거든."

막 마지막 몬스터가 나왔다. 다음 단계로 갈 수 있는 절호의 기회였다.

"진짜?"

아빠가 정말 모르는 척한다. 놀란 표정으로 물어서 내가 더 놀랐다.

"응!"

"……2호선이 순환선인 거 알지?"

자꾸 말을 시켜서 아슬아슬했다. 손가락을 미친 듯이 눌러 댔다. 고개까지 흔들릴 정도로.

"응?"

"계속 도는 순환선 말이야."

"응……."

"나란히 앉아서 이걸 탔어. 내려야 하는데 내리지도 않고 계속 탔지. 할 얘기가 많았거든. 한 바퀴 돌고 나서 내려야지 했는데, 그래도 할 이야기가 남아 있는 거야. 그렇게 몇 바퀴를 돌면서 데이트했어. 이게 없었다면 엄마랑 결혼하지 못했을 거야."

"그래서 후회해?"

몬스터를 해치울 수 있었는데 아깝게 당하고 말았다. 아빠 때문이다.

"아니, 왜 그럴 거라고 생각해?"

"아빠랑 엄마랑 사이가 안 좋잖아."

옆에 앉아 있는 아저씨가 웃었다. 아저씨를 힐끔 쳐다본 뒤, 휴대폰 화면을 꺼 버렸다.

"다행이라고 생각하는걸. 엄마를 만나지 않았으면 너랑 필서도 없는 거잖아."

"그러니까 뭐 하러 봉필서를 낳았어. 나만 낳고 말지."

이번에는 아빠가 웃었다.

"필서가 그렇게 싫어?"

"응, 싫어."

"왜?"

"그걸 다 어떻게 말해? 아빠는 엄마 싫은 거 다 말할 수 있어?"

"그건 몇 개 안 돼서 말할 수 있지. 오히려 좋은 이유가 너무 많아서 그걸 다 말하려면 계속 타야 할걸. 말해 줘?"

"됐어! 아빠 요즘 이상한 거 알아?"

아빠를 쳐다보지도 않았다. 요즘 아빠랑 엄마 둘 다 이상하다. 그 부분은 봉필서도 인정했다. 하긴 회사를 그만뒀으니까 이상할 수밖에 없나?

"알아……."

아빠가 순순히 인정했다. 역시 이상한 게 맞다.

갈아타야 할 역에 도착했다. 우리는 서둘러 전철에서 내렸다. 다음 전철은 한 정거장만 가면 된다.

'서울 어린이 대공원'

어린이, 어린이를 동반한 어른, 어린이 손님에게 볼일이 있는 사람, 어린이이고 싶은 어른들이 오는 곳이다. 그 무엇도 아닌 나도 아빠도 이곳에 오는 게 이상한 것이다. 그럼에도 불구하고(이 말은 우리 담임이 잘 쓰는 말이다.) 나는 이곳이 좋았다. 정확하게 말하면 조류관이 마음에 들었다. 아빠가 독수리관 앞에 멈춰 섰다. 새장이 아닌 거대한 성을 보는 것 같았다.

"새들의 시력이 얼마나 좋은지 아니?"

"눈 말이야?"

"응, 인간이 볼 수 없는 영역까지 볼 수 있어. 그래서 새들마다 눈의 위치가 달라. 한쪽은 멀리 볼 수 있고, 한쪽은 가까운 곳을 볼 수도 있지. 사람도 새의 눈을 가졌다면 눈 위치가 다 달랐겠지?"

"그럼 복잡해지지. 생각해 봐. 눈 위치가 다 다르면 안경 종류도 많아질 것 아냐? 그렇지 않아도 겁나 많은데. 근데, 아빠?"

"응?"

"그래야 걔들도 살지. 눈이 좋아야 높이 날아서도 먹이를 볼 수 있잖아."

"봉필중, 아주 중요한 걸 알아냈네. 맞아, 동물의 기관들은 생존을 위해서 거기에 맞게 발달됐다고 할 수 있어. 먹고사는 거랑 깊은 관계가 있지. 그런데 사람은 그렇지 않은 것 같다……."

"뭐가?"

"털이 없어서 옷이 필요하게 됐고, 날카로운 이빨이 없으니 칼이 필요하고, 빨리 달릴 수 없으니 차를 만들었고, 날 수가 없으니까 비행기도 만들어 냈잖아. 새들처럼 좋은 눈이 없으니 안경을 만들어 냈듯이 말이야. 그런데 안경을 낀다고, 차를 탄다고, 비행기를 탄다고 다 해결이 될까?"

"뭘 해결해야 되는데?"

아빠를 쳐다봤다. 어째 분위기가 점점 과학 시간 같아졌다. 그런데도 전혀 지루하지가 않았다.

"먹고사는 일. 먹고사는 일에 이 모든 게 필요한 걸까, 자꾸만 의문이 드네. 유일하게 자연에 순응하지 않는 게 사람인데도 굶어 죽잖아. 아니지, 자연을 파괴하는 일에도 주저하지 않지. 먹고살아야 한다는 이유로 말이야."

아빠는 독수리관을 지나 앵무새관 앞에 가서도 이야기를 멈추지 않았다. 뉴질랜드의 키위새가 깜깜한 어둠 속에서 후각과 촉각으로만 먹이를 찾을 때, 자신이 한때는 날았다는 걸 기억이나 할까,

라면서 한숨을 짓기도 했다. 카카포라는 앵무새도 부리의 감각으로 먹이를 찾는다면서, 날지 못하는 새에 대해서 한참을 설명했다. 아주 잠깐 제임스와 로라가 생각났다. 한때는 하늘을 날았을 녀석들의 할아버지, 그 위의 할아버지가 어떤 모습이었을까를 상상하면서……. 봉필서 생각이 난 것도 그때였다. 녀석이 좋아할 만한 이야기가 분명했다.

그곳에서 점심을 먹고 동물관까지 둘러보고 나서야 밖으로 나왔다. 주말이라서 그런가 많은 사람들이 한꺼번에 집 밖으로 쏟아져 나왔는지, 전철에서는 계속 서서 가야만 했다. 갈아탄 전철에서 간신히 앉을 수 있었다. 자리에 앉자마자 졸음이 밀려왔다.

막 눈꺼풀이 내려앉으려고 할 때였다.

"필중아, 지난번에 말이야……."

아빠가 또 말을 걸었다.

"언제?"

"너 전철역에서 떨어졌을 때."

"그거 실수였다고 했잖아."

갑자기 잠이 확 달아났다. 그땐 아는 척도 하지 않았던 아빠다.

"아니, 네가 뭘 잘못했다는 게 아니고, 다른 친구가 있었다면서? 그게 누구야?"

"……."

"말하기 싫으면 안 해도 돼. 자라……."

아빠가 어깨를 가까이 대 주었다. 나는 아빠를 슬며시 밀어냈다.

"기성이."

"걔가 기성이었어?"

"재수 없는 새끼."

"기성이가 널 민 거야?"

"아냐. 사실은……, 보여 주고 싶었어."

"뛰어내릴 수 있다는 걸?"

"아니……. 그 새끼는 변했고, 난 변하지 않았다는 걸."

하루 종일 이상하게 구는 아빠와 같이 있어서일까? 그런 아빠가 싫지 않았다. 적어도 한 뼘 정도는 가까워진 것 같았다. 그래서였는지도 모르겠다. 내 속마음을 얘기한 게.

"기성이가 변한 것 같아?"

"응, 달라졌어."

"중학생이잖아."

"그게 무슨 상관이야? 중학생이랑 뭔 상관인데?"

"하긴 그거랑 상관이 없을 수도 있겠다. 하지만 뭔가 달라졌다면 인정해 줘야 하지 않을까? 친구잖아. 기성이도 지금쯤 후회하고 있을 거야."

"치! 진짜 후회하고 있다면 벌써 나를 찾아왔겠지. 그 새끼는 후회 같은 거 안 하는 거라고."

"아냐, 후회하지만 용기가 없는 거야. 지금은 용기가 없어서 너한테 연락 못 하는 걸 수도 있어. 나중에, 나중에 기회가 오면 용기를 낼지도 몰라."

"나중에? 다 필요 없어."

"필중아, 아빠가 살아 보니까 세상이 그렇더라고. 잃고 나니까 소중한 걸 알게 되더라. 아마 기성이도 그럴 거야."

역시 어른들 말은 듣다 보면 다 똑같다. 세상은 그렇다고 한다. 소중한 걸 잃어 봐야 그게 소중하다는 걸 알게 되고, 지나가 봐야 잡을 수 있다는 걸 알게 된다고. 하지만 그런 세상 따윈 필요 없다. 세상이 그런 거라면서 하는 말들이 전혀 와 닿지가 않는다. 기성이가 변해 버린 건 세상 탓이 아니다. 순전히 녀석의 탓이다.

지겨운 건 지금이다

똥이 한가득이다. 녀석이 옥상 바닥을 똥밭으로 만든 것이다. 저게 다 봉필서가 영재 캠프에 들어가 있는 동안 싼 거다. 하루걸러 내가 치웠어야 하는 똥이지만 나도 치우기 싫었다. 왜냐하면 녀석이 보낸 문자 때문이다.

첫날에는 참치 밥 주고 똥 치웠냐고 물었다. 그냥 무시했다. 둘째 날은 물도 자주 주라면서 가끔은 엄마 몰래 참치 통조림을 주라고 했다. 빈 통 버리는 것에 주의 요망이라는 당부도 있었다.

문자를 보고 결심했다. 절대로 밥도 똥도 그 무엇도 안 하기로 말이다. 마지막 문자는 더 가관이었다. 산책을 꼭 시키라고 했다. 안 그러면 우울증에 걸린다나? 오히려 내가 화병에 걸릴 지경이었다.

엄마는 한술 더 떴다. 봉필서가 없으니까 내 책임이라나? 사료 주는 거, 물 갈아 주는 거, 똥 치우는 거, 산책시키는 것까지 다 알아서 해야 된다고 했다. 억울하다고 말해 봤지만 엄마한테는 통하지 않았다. 그래서 생각한 게 그냥 두는 거였다. 아예 옥상에 올라가지도 않았다. 안 보니까 궁금하지도 않았고, 어느새 까마득히 잊혔다. 그런데 재동이 형한테 전화가 왔다.

"진짜야?"

형은 우리 옥상 가까이 서서 나를 기다렸다.

"금방까지도 있었어."

"똥 먹는 쥐가 있다는 건 첨 들어 본다. 근데 재는 어쩌고 있었어?"

참치를 턱으로 가리키며 물었다.

"몇 번 짖긴 하는데 나중에는 그냥 구경만 해. 같이 밥도 먹어."

"아휴, 저거 개 맞아?"

참치는 제집에 박혀서 고개만 삐죽 내밀고 누워 있었다.

나는 삽을 찾아 들고 다시 옥상으로 갔다.

"내가 도와줄까?"

됐다고 말하려고 했는데 형이 벌써 사라졌다. 몇 초 만에 우리 옥상으로 올라온 형은 어깨까지 들썩이고 있었다.

"얘는 제임스보다도 짖지 않는 거 알아?"

형이 숨을 고르며 말했다.

"제임스는 우는 거거든."

"……."

삽으로 똥을 긁어낸 다음 포대에 담기 시작했다.

"얼마나 먹기에 똥을 이렇게 많이 싸는 거지?"

절로 투덜거리게 된다.

"참치가 심심한가 봐. 쥐랑 놀아. 밥도 나눠 주고, 얘기도 해."

"그게 무슨 소리야?"

"내가 봤어. 같이 노는 거."

"그게 노는 건지 형이 어떻게 알아?"

나도 모르게 짜증이 났다. 목소리가 곱게 나오지 않았다.

"화나면 같이 밥 안 먹거든."

"멍청한 새끼!"

"있지, 필중아?"

"왜?"

"나 드디어 했어."

"뭘?"

삽질을 끝내고 나서 재동이 형이 든 빗자루를 빼앗아 들었다.

"그 형 식판에 침 뱉었어. 경락이라는 애가 보긴 했는데 아무 말도 하지 않았어. 잘했지?"

형이 웃었다. 분명히 나를 보고 웃은 것이다. 형은 심한 사시다. 그걸 교정하려고 어렸을 때 안경을 쓰기도 했는데, 제대로 간수하지 못해서 잃어버리기 일쑤였다. 한번은 안경을 쓴 채로 넘어지는 바람에 눈을 크게 다칠 뻔했다. 안경을 포기한 건 그때부터였던 것 같다. 그런데 오늘 보니까 형의 눈이 새의 눈이랑 닮아 있었다. 어쩌면 형은 한쪽 눈으로는 가까운 걸, 다른 쪽 눈으로는 먼 곳을 보는 건지도 모르겠다. 처음으로 형의 눈이 전혀 이상하지 않았다.

"거봐! 아무 일도 벌어지지 않을 거라고 했잖아."

"점심 식판도 이제는 안 나를 거야."

"진짜? 이제 안 무서워?"

"응."

형이 또 웃었다.

바닥을 깨끗이 치워 주자 참치가 집에서 기어 나왔다. 그제야 옥상을 걸어 다닌다. 뭐가 좋은지 형 주위를 자꾸만 맴돌았다. 꼬리를 있는 대로 흔들면서 말이다.

옥상에서 내려와 엄마를 찾았다. 부엌에서 이상한 게 끓고 있었다. 냄새가 그랬다. 아침나절에도 끓였던 것 같은데……. 냄비 뚜껑을 살짝 열어 봤다. 나무였다. 나무껍질을 끓이다니 뭐에 쓰려는지 모르겠다.

"이만 원 줘."

엄마가 나무껍질을 한 아름 안고 들어왔다. 개수대에 쏟아 놓더니 물을 틀어 담가 놨다.

"왜?"

"내가 봉필서 것까지 치웠잖아."

엄마가 앞치마에서 만 원짜리 한 장과 오천 원짜리 한 장을 꺼내서 주었다. 축축하게 젖어 있었다.

"왜 만 오천 원이야?"

"필서 몫까지 준 거야."

"만 육천 원이잖아. 천 원 더 줘."

"천 원짜리 없어. 싫으면 말고."

치사하다. 하여튼 이 돈이라도 얼른 받아야 한다. 돈이 조금 필요했다. 봉필서 올 때까지 버티려고 했는데…….

인터넷에 '여자 친구 생일 선물'을 검색해 봤다. 물론 나한테 여자 친구가 있을 턱이 없다. 모태 솔로다. 한 번도 여자 친구를 사귀어 보지 않은 사람들을 그렇게 부른다.

윤서가 멍청한 영호랑 사귀지만 않았다면 분명하게 말했을 것이다. '나랑 사귀자!' 좀 건방져 보이나? 그럼, '나랑 사귈래?' 아니다. '나랑 사귀어 줄래?' 흠, 모르겠다. 과연 나한테 그런 용기가 있을까?

한 번도 여자를 좋아해 본 적이 없다. 좀 귀엽네, 라거나 재가 나한테 관심 있나? 라는 착각을 한 적은 있다. 하지만 그게 다였다. 그러나 윤서는 달랐다. 어려운 수학 문제의 풀이 방법을 친절하게 설명해 줘서 그런 게 아니다. 날 향해서 웃어 줘서도 아니다. 그건 누구한테나 그랬으니까.

볼펜을 꽉 쥔 하얀 손이며, 머리를 숙이고 책을 볼 때 드러나는 긴 목이며, 내가 답을 틀렸을 때 눈을 흡뜨고 쳐다볼 때의 그 눈이며, 그리고 무엇보다 윤서한테서는 딸기 냄새가 났다.

도대체 그 냄새의 정체가 무엇인지 모르겠다. 그렇다고 딸기향 샴푸를 쓰냐고 물어볼 수도 없었다. 그런 걸 대놓고 물어본다면 날 변태로 생각할지도 모른다. 한번은 엄마한테 샴푸를 딸기향으로 바꿔 달라고 한 적도 있다. 봉필서가 그 말을 듣고 "너, 변태냐?" 하고 물었다.

어쨌든, 윤서가 좋다. 윤서를 보면 그냥 기분이 좋아진다. 가슴에서 조몰락거리며 무엇인가 움직인다. 배꼽 밑이 간질간질하다.

어젯밤에 세 시간이나 인터넷을 뒤진 끝에 여자아이들이 좋아할 만한 걸 찾아냈다. 내 능력으로 살 수 있으면서도 유치하지 않은 물건이다. 틴트는 엄마가 바르는 립스틱이랑은 다르다. 빨갛게 쥐 잡아 먹은 입술이 되는 게 아니다. 이걸 바르면 입술이 촉촉해지고, 윤이 난다고 한다. 게다가 딸기향, 바닐라향, 장미향, 얼마든지 좋아하는 향기를 고를 수도 있다. 직접 가서 보니까 여자아이들이 좋아할 만했다. 분홍색 병에 든 틴트를 보자마자 딱 윤서 거라는 생각이 들었다.

만 이천 원짜리 틴트가 주머니에 있다. 가슴이 두근거리고 울렁거렸다. 자꾸만 웃음이 난다. 잘 나오지도 않는 휘파람을 삑삑 불어 댔다. 아빠를 본 건 꽤 길게 휘파람 부는 걸 성공했을 때였다. 아빠는 사람들에게 둘러싸여 있었다. 술을 얼마나 마셨는지 가만히 서 있지도 못하고 위태롭게 휘청거렸다. 덩치가 큰 남자가 아빠를 가로막았고, 옆에 서 있는 여자가 아빠에게 따지고 있었다. 얼마나 화가 났는지 목소리가 쇳소리처럼 높았다.

"변태 아냐? 멀리서부터 날 뚫어져라 쳐다보면서 왔다니까요. 일부러 부딪친 거잖아요?"

"아니라니까……, 그러네."

아빠는 말도 제대로 못 할 만큼 취한 듯했다.

"아, 이 사람이 술을 먹으려면 곱게 먹어야지. 얼른 사과해. 사과하면 끝날 걸, 웬 시비야? 응?"

남자가 끼어들자 아빠가 버럭 소리를 질렀다.

"사과? 내가 왜 사과를 해야 하는데? 내가 뭘 잘못했는데? 말해보라고!"

"이 아가씨 치마랑 가슴을 왜 그렇게 쳐다본 건데? 내가 보기에도 민망할 정도로 쳐다보더만. 일부러 부딪친 거 맞잖아. 성추행이 달리 있는 줄 알아?"

"맞아요. 이런 인간들 때문에 치마 입기가 무섭다니까요."

구경하던 여자가 거들었다.

"그럼, 안 입으면 되겠구먼."

다른 남자가 끼어들었다.

"뭐라고요? 그럼 내가 짧은 치마를 입어서 이렇게 됐다는 거예요?"

짧은 치마를 입은 여자가 그 사람을 향해 소리를 질렀다.

"아저씨도 말씀 그렇게 하시면 안 됩니다. 여기서 이럴 게 아니라 당신, 나랑 파출소 가십시다. 그냥 사과하는 거 가지고는 안 되겠네. 추행범으로 혼 좀 나야 정신 차리겠구먼."

"그래, 가자! 그게 어디 있나, 가자고!"

남자가 아빠의 팔을 잡았다. 아빠도 남자의 옷을 잡아채려 했지만 손만 공중에서 허우적댔다. 사람들이 웅성거렸다. 혀를 차는 사람도 있었다.

잠시 후, 여자가 주저하듯 나섰다.

"그냥 두세요. 제가 일진이 사나운 걸로 하죠, 뭐."

"아닙니다. 이런 놈은 단단히 혼 좀 나야 됩니다. 아가씨는 피해자니까 걱정 안 해도 돼요."

"아니, 그게 아니고 제가 지금 바빠서 그래요……."

실랑이는 여자가 물러서면서 맥없이 끝나 버렸다. 여자는 서둘러 가 버렸고 남자는 돌아서면서 그렇게 살지 말라고 했다. 사람들도 흩어져 제 갈 길을 갔다. 모두가 움직이고 있는데 아빠와 나만 우두커니 서 있었다. 아빠는 서서히 도로변으로 다가갔다. 마치 택시라도 잡을 것처럼 말이다. 실제로 지나가던 택시가 아빠 앞에 멈춰 서기도 했다.

흔들흔들, 아빠는 쉬지 않고 몸을 흔들었다. 나는 한 발자국도 움직일 수가 없었다. 거기 그렇게 서 있으면 위험하다고, 아니 술을 왜 이렇게 많이 마신 거냐고, 왜 싸움이나 하면서 돌아다니느냐고, 다니라는 회사는 어째서 다니지 않는 거냐고 따지고 싶었다. 그런데 나는 그저 지켜보기만 했다.

그때, 아빠가 지나가던 차들을 향해서 소리를 질렀다.

"나더러 어떻게 살라고!"

아빠는 그대로 털썩 주저앉더니 고개를 푹 숙이고는 두 손으로 머리를 감싸 쥐었다. 어깨가 무너질 듯 흔들렸다.

아빠한테 다가가고 싶지 않았다. 창피하고 한심했다. 난 냅다 뛰기 시작했다. 가슴이 미친 듯이 뛰었다. 곧장 옥상으로 올라갔다. 참치 집 맞은편 벽에 기대어 앉아 놀라서 나온 녀석을 바라보았다.

"병신 같은 새끼!"

나도 모르게 욕이 튀어나왔다. 주머니에 있는 걸 꺼내서 벽에 던져 버렸다. '팍' 하고 둔탁한 소리가 들렸다. 참치가 고개를 바짝 낮추고는 제집으로 들어가 버렸다. 저를 향해 던졌다고 생각한 것이다.

"그래, 너 말이야, 너!"

아빠가 점점 밉다. 매일매일 술에 취한 것처럼 여기저기 부딪치고, 물건도 떨어뜨린다. 엄마 잔소리는 그만큼 늘어나고 있다. 아무래도 회사를 그만둬서 정신이 딴 데 가 있는 것 같다.

결국 윤서한테 선물을 주지 못했다. 며칠 후에 엄마가 옥상에다 누가 그런 짓을 했냐면서 따졌다. 윤서한테 줄 틴트가 깨지면서 바닥에 분홍색 얼룩이 졌다. 봉필서는 자기는 아니라면서 진즉에 빠져나갔고, 엄마는 범인을 나라고 생각하고 있었다. 아무 말도 하지 않는 나를 째려보다가 한마디 하고는 나가 버렸다.

“아휴, 지겨워, 지겨워 죽겠네. 이놈의 사춘기 지나기만 해 봐라.”

나도 엄마 말처럼 지겹다. 지금이 가장 지겹다.

개 같은 개

참치랑 산책을 나간 봉필서한테 전화가 왔다. 참치가 없어졌다고 했다. 신발을 구겨 신고 공원으로 향했다. 내 인생에 털끝만큼도 도움이 안 되는, 정말 귀찮은 녀석들이다. 내일부터 시험인데 미치고 팔짝 뛰겠다. 물론 평소의 나라면 시험 따위를 걱정할 턱이 없다. 하지만 이번에는 다르다. 특히 수학만큼은 반드시 잘 봐야 한다.

공원이라고 해 봐야 코딱지만 하다. 나무 몇 그루 심어 놓고, 정자 하나 있는 게 다다. 그나마 운동 기구가 몇 개 있어서 어른들이 자주 이용한다. 봉필서가 그중 하나에 앉아 있었다.

"무슨 일이야?"

어디에서 굴렀는지 옷이 더러웠다. 바지 무릎 부분이 찢어진 데다 손바닥도 심하게 긁혀 있었다. 손을 어정쩡하게 들고 있어서 보지 않으려고 해도 보였다. 속으로는 놀랐지만 아무렇지 않은 척 물었다.

"참치가, 참치가……."

봉필서는 말하다 말고 콧물을 들이마셨다. 그래도 울지는 않았다.

"참치가 뭐?"

버럭 소리를 질렀다.

"산책하다가 갑자기 뛰는 거야. 뭘 보고 뛴 건지 모르겠어. 근데 내가 당할 수가 없더라고. 힘이 정말 셌단 말이야. 쏜살같이 뛰어갔어."

"어디로?"

"저어기……!"

녀석이 주민센터 쪽을 가리켰다. 나는 벌떡 일어서서 주민센터 쪽으로 갔다.

"내가 세 번이나 가 봤어. 없어."

녀석이 따라오면서 말했다.

"시끄러! 넌 엄마가 말한 거 뭘로 들었냐? 대형견들은 단호하게 말해야 된다고 했어, 안 했어?"

"했어."

"네가 물러 터지니까 참치도 널 깔본 거 아냐? 되는 거, 안 되는 거 없이 그냥 예쁘다, 예쁘다! 내가 이럴 줄 알았다. 빙신 새끼!"

이참에 내가 형이란 걸 확실히 알려 줘야겠다. 골목을 둘러보면서도 폭풍 잔소리를 늘어놨다.

"나는 여기서부터 큰길까지 돌아볼 테니까, 넌 저쪽 골목으로 해서 2동 쪽으로 돌아서 공원으로 와. 알았냐?"

녀석이 내가 가리킨 쪽으로 가다가 뒤돌아 소리쳤다.

"전화 좀 빨랑빨랑 받아라."

"휴대폰 안 가져왔거든."

"참치 찾으면 전화해야 될 거 아니야."

"그게 중요하냐? 찾으면 여기로 올 테니까 빨랑 가기나 해."

"치!"

녀석이 나를 째려보다가 골목 안으로 뛰어갔다. 나는 천천히 걸으면서 골목을 훑었다.

그나저나 이놈의 개 새끼는 어디로 간 걸까? 주민센터 앞까지 왔는데도 전혀 보이지 않는다. 혹시 쓰레기통을 뒤지는가 싶어서 쓰레기가 모여 있는 곳을 자세히 살펴봤다. 역시 없다. 6차선 대로로 나가 봤다. 만약 이쪽으로 나왔다면 사고가 날 수도 있다. 차들이 무섭게 내달리고 있었다. 다행히 사고가 난 것 같진 않았다. 이런 큰길에서 사고가 났다면 사람들이 모여 있을 게 틀림없다. 그렇다면 골목 안 어딘가에서 헤매고 있다는 것이다. 다시 골목으로 들어섰다. 남의 집 대문 너머 마당 안을 훔쳐봤다. 혹시 몰라서 출입구가 열린 빌라들은 안으로 들어가 계단도 올라가 봤다. 내가 뭐 하는 짓인지 모르겠다. 내일이 시험인데…….

터덜터덜 공원으로 향했다. 휴대폰을 가져올 걸 그랬다. 봉필서가 참치를 찾았을까? 공원에는 어른 몇 명이 열심히 운동 기구를 타고 있었다. 동그란 판 위에서 허리를 돌리는가 하면, 발판에 올라가 크게 걷기도 했다.

허리를 열심히 돌리는 아줌마한테 다가갔다.

"혹시 큰 개 못 봤어요? 누런 털에 못생겼는데, 눈은 이렇게 생겼거든요."

내 눈을 아래로 잡아당기면서 물었다. 아줌마는 힘이 드는지 말은 하지 않고 고개를 흔들었다. 허리보다 고개가 더 잘 돌아갔다.

공원 정자에 앉았다. 숨도 차고 다리도 아팠다. 잠시 후에 봉필서가 걸어오는 게 보였다. 녀석도 빈손이었다. 찢어진 바지를 보자 아주 조금 안돼 보였다.

"없냐?"

내가 묻는 말에 고개를 끄덕였다.

"근데 목줄은?"

"참치가 달고 있어."

"미치겠네. 목줄까지 달고 어딜 간 거야?"

"그러니까 목걸이 해 주자니까."

"무슨 개한테 목걸이야?"

"누군가 그걸 보고 찾아 줄지도 모르잖아."

봉필서가 억울해했다. 목걸이 얘기가 나왔을 때 내가 비웃은 걸 두고 하는 소리다. 차라리 가만히 있을 걸 그랬다. 그랬다면 지금 열심히 시험공부를 하고 있을 텐데.

우리는 어쩔 수 없이 집으로 향했다. 마지막으로 엄마한테 얘기하는 수밖에 없었다. 주인이 싫어서 도망간 앤데, 뭐 어쩔 수 없는 거 아닌가?

우리 집이 있는 골목에 들어섰는데 어디선가 개 소리가 들려왔다. 짖는 소리인가 싶었는데 곧이어 깨갱 하는 소리도 들렸다. 봉필서와 난 서로를 마주 보았다. 누가 뭐라고 할 것도 없이 소리가 난 방향으로 뛰기 시작했다. 3동 쪽 골목이었다. 서둘러 가 보니 어떤 아저씨가 참치를 끌고 가고 있었다. 참치는 가지 않으려고 앉다시피 하며 버티었다.

"아저씨!"

봉필서가 외쳤다.

"뭐냐?"

"얘, 우리 개예요."

봉필서가 목줄을 빼앗으려고 하자, 아저씨가 줄을 확 잡아당겼다.

"이거 내 개야!"

"우리 개거든요!"

나도 목줄을 잡았다. 목줄 하나를 아저씨, 봉필서, 그리고 나, 이렇게 세 명이 잡게 되었다.

"얘들 봐라? 이 개가 너희 개라고 어디에 써 있냐? 이거, 이거 산책시키려다 별일을 다 겪네. 이거 놔!"

아저씨가 능글맞게 웃어 가며 말했다. 자세히 보니 얼굴도 험상궂었다. 눈 밑에 사마귀 같은 점도 있었다.

"우리 개 맞거든요. 이거 놓으세요. 참치가 아파하잖아요."

줄을 세 명이 다 잡고 있으니까 참치 목이 잔뜩 빠져 있었다.

"이 녀석들이 이거 안 놔?"

아저씨 사마귀가 부르르 떨렸다. 목줄을 얼마나 세게 잡아당기는지, 우리 둘이 잡고 있어도 목줄이 아저씨 쪽으로 당겨졌다.

"참치가 아파하잖아요! 제발 끈 좀 놓고 말해요……."

참치가 깨갱깨갱 울었다. 그러자 봉필서도 울기 시작했다.

"아저씨, 경찰에 신고할 거예요. 아저씨는 지금 남의 재산을 훔치는 거랑 같거든요!"

내가 따박따박 따지고 들었다. 이럴 때는 우는 게 아니다. 더 사납게 몰아붙여야 한다. 녀석은 싸움의 기본도 모르고 있었다. 나중에 꼭 일러 줘야겠다.

"이 녀석이 지금 협박하는 거야? 어린놈이 벌써부터 싹수가 노랗네. 그래, 어디 신고해 봐. 응?"

오히려 큰소리를 쳤다.

아무리 돌아봐도 도와줄 어른이 없었다. 불 켜진 창들은 꼭꼭 닫혀 있었고, 내다보는 사람 한 명 없었다. 세상에 봉필서와 나만이 악당과 마주하고 있는 것이다. 봉필서가 바지 주머니에서 휴대폰을 꺼냈다. 경찰이든 집이든 도움을 청하려는 것이다. 아저씨 눈빛이 번뜩거렸다. 휴대폰을 보자마자 소리쳤다.

"놔! 이거 놔! 빨리 안 놔?"

목줄을 두 손으로 잡고 봉필서한테 외쳤다.

"야, 경찰한테 전화해. 114! 114……!"

봉필서가 전화번호를 누르자 아저씨가 손을 번쩍 들어 올렸다.

그때였다. 참치가 마구 짖기 시작했다. 그냥 짖기만 한 게 아니라 아저씨를 보고 으르릉거리며 이빨을 드러냈다.

“이, 이 녀석이?”

“으르릉……, 컹컹! 컹컹!”

참치가 앞다리를 들어 올리며 짖었다. 콧등에 잔뜩 주름이 일었다. 순간, 아저씨도 우리도 화들짝 놀랐다. 아저씨가 슬그머니 목줄을 놓았다. 그 틈을 이용해 얼른 목줄을 손에 두어 번 감아서 단단히 움켜쥐었다.

어딘가에서 읽었는데, 동물은 본능적으로 적이 두려워하는 걸 감지할 수 있다고 했다. 그래서였을까? 참치도 아저씨가 겁을 먹고 있다는 걸 눈치챈 것 같았다. 적의 두려움을 감지한 동물은 아무리 순하더라도 맹렬하게 본성을 드러낸다. 몰아붙이듯 짖어 대는 참치를 보니 나도 겁이 날 정도였다.

봉필서가 흥분한 참치를 끌어안았다. 급기야 아저씨가 슬금슬금 뒷걸음을 쳤다. 봉필서가 그렇게 안지 않았다면 참치는 아저씨를 향해서 뛰어오를 태세였다. 아저씨는 골목 안쪽으로 냅다 뛰기 시작했다. 적이 도망치자 참치가 날뛰었다. 봉필서도 더 이상은 참치를 잡을 수가 없었는지 소리를 질러 댔다. 나는 목줄을 세게 잡아당기며 외쳤다.

“그만! 그만해, 참치!”

거짓말처럼 녀석이 조용해졌다. 폭풍이 한 번 휩쓸고 간 것처럼 숨이 찼다. 우리는 한동안 말없이 그냥 그렇게 멈춰 있었다. 그제야 사람들이 하나둘씩 내다보았다. 누군가는 창가에서, 누군가는 대문 사이로 빠끔히 말이다.

우리는 참치를 데리고 집으로 향했다. 봉필서는 여전히 훌쩍거리고 있었다. 참치는 아무 일도 없다는 듯이 잘도 걸었다. 가다가 전봇대가 나오면 오줌도 갈겼다. 그러고는 어느 집 담벼락 앞에서 똥을 눴다. 원래 옥상 아니면 잘 싸지 않았는데, 많이 참은 모양이었다.

"괜찮냐?"

"경찰이 114냐?"

봉필서가 소매로 코를 쓱 문지르며 물었다.

"뭐라고?"

"114는 전화번호 안내거든."

"……급하면 헷갈릴 수도 있지, 지금 따지는 거냐?"

그럼 112인가? 아, 모르겠다. 지금 상황에 그딴 게 뭐 중요하다고…….

녀석이 자기 손바닥을 살폈다. 다친 손으로 목줄을 잡았으니 심하게 쓰라릴 것이다.

"으윽, 바지가 찢어져서 어떡하지?"

"바지가 대수냐?"

"다나가 이 바지 예쁘다고 했단 말이야."

"어쭈, 다나? 걔가 걔냐? 혹시 너랑 스터디한다는 그 애 말이야."

"……."

녀석이 말이 없다.

참치가 다시 걷기 시작했다. 당연히 우리도 걸었다. 어쩐지, 스터디를 죽어라 하더라니. 뭔가 다른 목적이 있다고 생각은 했다. 과학 동아리에 영어 학원까지, 그 애가 다니는 학원은 죄다 따라서 다니는 이유를 이제야 알겠다.

"걔 좋아하냐?"

"아니거든!"

대답이 너무 빠르다. 그럼 정답이다. 강한 부정은 강한 긍정이니까.

"너 이따가 봉지 가지고 와서 저 똥 치워라."

"아무도 못 봤잖아."

"넌 그래서 안 되는 거야. 개 새끼를 키우려면 이건 기본 매너거든. 저거 치우기 싫으면 개를 키우지 말든가."

물론 나도 산책할 때 참치 똥 같은 건 치워 본 적이 없다. 딱 한 번 고등학생쯤 되는 누나가 자기 강아지가 싼 똥을 비닐봉지에 담아서 가져가는 걸 본 적이 있다. 참치야 길거리에다 똥을 자주 싸는 녀석은 아니다. 가끔 있는 일이지만, 가끔이니까 상관이 없다고 생각했다. 그런데 다음 날이나 그다음 날에도 그 똥을 자꾸만 쳐다보게 된다. 볼 때마다 내가 싼 똥을 보는 것같이 마음이 불편했다. 나중에는 똥이 있는 골목을 피해서 다른 길로 간 적도 있다. 봉필서한테 말하다 보니 살짝 찔리기는 했다.

결국 첫날 시험을 엉망으로 봤다. 특히 수학 말이다. 예상한 일이었다. 그런데 생각해 보니 수학 시험을 너무 잘 보면 안 될 것도 같았다. 성적이 올랐다고 멘토가 바뀌기라도 하면 큰일이니까.

"시험 잘 봤어?"

윤서가 내게 다가와 물었다. 얼굴이 빨개진 걸 들키지 않으려고 괜히 아랫입술을 꽉 깨물었다. 방과 후 학습 시간에 하는 멘토와의 시간 말고, 교실에서 나한테 말을 거는 건 처음이었다.

"그냥, 그냥."

쑥스러웠다. 조금 창피하기도 했다.

"예상 문제랑 비슷하게 나왔지?"

"응?"

나는 비슷한 문제는 못 본 것 같았다. 처음 보는 문제들뿐이었다.

"야, 너 피 나!"

윤서가 눈을 동그랗게 뜨고 말했다.

이런! 내가 너무 세게 물었나 보다. 얼른 손으로 입술을 가렸다.

"너 무진장 피곤하구나? 시험공부 너무 많이 한 거 아니야?"

윤서가 내 걱정을 했다. 가슴이 콩닥콩닥 뛰었다. 이거 나만 들리는 건가? 혹시 윤서한테도 들리는 거 아닌가?

"이거 받아."

윤서가 자기 가방을 뒤지더니 물티슈를 꺼내서 줬다. 아, 이건 뭐지? 물티슈에서도 향기로운 냄새가 난다.

"……고마워."

간신히 대답했다.

"네 성적이 잘 나와야 하는데. 내 수행 평가가 그거랑 상관있거든."

"뭐?"

"너 못 들었어? 네 점수 오르면 내 수행 평가 점수는 자동으로 올라가."

윤서가 나를 빤히 쳐다봤다.

"아, 알아. 안다고……."

"잘 본 거 맞지? 나 그거 무지 중요하거든."

"으……응……."

내 대답을 들은 윤서는 다른 아이들이랑 교실을 빠져나갔다.

생각해 보니 그런 말을 했던 것도 같다. 살짝 걱정이 됐다. 시험 공부를 제대로 해 볼 걸 그랬나? 에이, 상관없다. 이미 엎질러진 물이다.

교실을 나가는데 영호가 나를 째려보고 있었다. 녀석을 향해서 어깨를 한번 으쓱하고 올려 줬다.

집에 도착하자마자 옥상으로 올라갔다. 엄마가 참치한테 목걸이를 해 줬다고 한다. 참치는 늘어지게 자고 있다가 나를 보자 고개를 들었다 다시 떨어뜨렸다.

"야, 어디 한번 보자."

내가 목걸이를 만지자 혓바닥으로 내 손등을 핥았다.

"으으, 드러워."

역시 녀석은 적응하기 힘든 놈이다. 간신히 목에 걸린 목걸이를 확인할 수 있었다. 이름과 전화번호, 그리고 이렇게 쓰여 있었다.

우리 가족이에요.

웃음이 났다. 진심으로 가족이라고 생각하는 걸까? 흠, 곤란하다. 개를 안고, 빨고, 심지어 업고 다니는 사람들을 보면 아직도 이해가 안 간다. 때와 장소를 가리지 않고 데리고 다니는 사람들을 말하는 것이다.

그런데 엄마는 참치를 진심으로 좋아하는 걸까? 이상하게 엄마의 진심이 와 닿지가 않는다. 마치 키워야 하니까 마지못해 키우는 것 같은 이 느낌은 무엇일까?

그레이스 박은 예쁘다

앞에서도 말했지만 나도 학원이라는 곳에 다니고 있다. 바로 요가 학원이다. 전철역 사건 이후로 엄마는 내게 공부를 강요하지 않는다. 하긴, 강요하지 않아도 잘해 내는 봉필서가 있으니까. 그런데 왜 요가냐? 다 사연이 있다. 하루는 우편함에 꽂힌 주민센터 프로그램 전단지를 보았다. 거기에는 이렇게 쓰여 있었다.

자아를 만나 보세요! 요가와 명상을 통한 정신 수양

학원에 다니지 않는 대신 시간은 남아돌았다. 아이들은 내가 전생에 나라를 구한 게 틀림없다고 했다. 그렇지 않고서야 세상에서 가장 좋은 운이 내게 올 리가 없다면서 부러워했다. 나도 처음에는 그런 줄 알았다. 하루 이틀이 지나고 한 달이 지나니까 무엇인가 이상했다. 나만 남과 다른 시간을 사는 것 같았다.

매일같이 피시방에 가는 것도 지겨웠다. 동네를 어슬렁거려 봐도 같이 놀 녀석들이 없었다. 학교가 끝나고 놀기라도 하면 잡혀가는 법이 있는데, 나만 모르고 있는 것 같았다. 그런데 실제로 그렇게 노는 아이들을 잡아가는 걸 보기도 하고 경험하기도 했다. 피시방에서 만난 놈들이었다. 거금 오천 원을 빼앗기고 다른 피시방으로 갈아타야 하나, 고민할 때였다.

전단지에는 요가를 비롯해서 에어로빅, 벨리 댄스, 그리고 천 조각을 이어 붙이는 퀼트나 독서 수업도 있었다. 그 많은 것 중에서 요가가 마음에 든 건 딱 한 가지 이유 때문이었다. 자아를 만날 수 있다는 뻥에는 코웃음이 나왔지만, '명상'이라는 말에 확 꽂힌 것이다. 그저 앉아서 눈을 감고 있으면 된다는데, 이처럼 쉽고도 완벽한 운동이 또 있을까 싶었다.

그러나 수업 첫날, 학교 체육복을 입고 요가 교실에 들어섰을 때 아차, 싶었다. 타이트한 쫄티를 입어서 더욱 격렬하게 노출된 세 겹으로 접힌 배와 거대한 엉덩이들, 진한 화장을 한 아줌마들이 뿜어내는 화장품 냄새가 내 눈과 코를 턱턱 막히게 했다. 나를 바라

보는 수상한 눈빛들이 온몸에 콕콕 박혀 왔다. 얼굴이 뜨거워지면서 벌레들이 기어 다니는 것처럼 근질거렸다. 여기서 당장 도망가야 한다는 생각과 경보음이 머릿속을 가득 메웠다.

막 뒷걸음질을 치면서 교실을 빠져나가려고 할 때였다. 앞문을 열고 들어서는 한 명의 여자 사람을 보았다. 완벽한 인간의 몸을 가진 완전체라고나 할까? 아줌마들과 비슷한 쫄티와 레깅스 차림이었지만, 그 몸은 사람의 것이 아니었다. 어느새 나는 내 자리에 다소곳이 서서 두 손을 모으고 인사를 했다.

"나마스테!"

그녀와 너무도 잘 어울리는 인사였다.

한동안 눈을 감아도 눈을 떠도 요가 선생님 생각뿐이었다. 터질 것 같은 가슴과 잘록한 허리가 눈앞에서 왔다 갔다 했다. 오히려 일주일에 세 번만 가는 게 아쉬울 정도였다.

참치 산책도 더 신이 나는 일이 되었다. 이런 일에 참치가 도움이 될 거라고는 상상도 하지 못했다. 그러니까 요가 선생님인 그레이스 박과 친해지게 된 것도 참치 때문이었다.

수업이 끝나고 뒷정리를 한 후 참치가 묶여 있는 앞마당으로 나왔다. 참치는 자전거 거치대 사이에 누워 있다. 그곳에서 그레이스 박이 나올 때까지 기다린다. 기다리는 시간은 대중없다. 길 때도 있고 짧을 때도 있다. 어느 쪽이든 나에게는 전혀 문제가 되지 않았다. 누군가를 기다리는 게 신나는 일이라는 걸 알게 되었으니까.
잠시 후 그레이스 박이 건물 밖으로 나왔다. 요가복이 아닌 평범한 옷차림이었지만, 그렇다고 그레이스 박의 완벽한 몸이 감춰질 리 없었다. 그게 청바지에 흰색 티라고 해도 말이다.

"얘는 정말 순하다."

그레이스 박이 참치 머리를 쓰다듬으며 말했다.

"아니에요. 얘가 얼마나 사나운데요."

며칠 전 참치를 잃어버렸을 때 사마귀 아저씨와 싸웠던 일을 이야기해 줬다.

"그 순간 제가 명령했어요. 참치, 물어! 이렇게요."

"그래서? 그래서 어떻게 됐어?"

"그래서요?"

그레이스 박은 '어머, 어머!' 소리와 '어떡해.' 같은 감탄사를 내뱉으면서 내 이야기에 빠져들었다.

"정말 멋지다! 참치한테 그런 모습이 있었다니……."

"아니, 참치가 아니고 제가 한 거라니까요. 얘는 나 없이는 계단도 못 내려가요. 얼마나 겁쟁이인데요."

"아이, 그래도 참치 덕분에 그 아저씨가 도망간 거잖아."

"아, 진짜 그런 게 아니라니까요. 얘는 무서워서 깨갱대고 있었는데 내가 명령을 한 거라고요."

"알았어, 알았어. 그래도 참치가 멋있긴 해. 생긴 것도 귀엽잖아."

"얘가 뭐가 귀여워요? 얼마나 못생겼는데. 이렇게 못생긴 개 새끼는, 아니 개는 처음 봐요. 그리고 나이도 무진장 많아요. 사람 나이로 치면 노인이라고요."

"아, 진짜?"

그레이스 박은 개를 보는 눈이 없었다.

우리는 나란히 버스 정류장까지 걸었다. 이게 내가 참치 산책을 시켜 주는 이유다. 바로 꿩 먹고 알 먹는 게 이런 거다.

봉필서를 만난 건 버스 정류장에서 그레이스 박이 타야 할 버스를 기다리고 있을 때였다. 봉필서가 1771번 버스에서 내렸다. 원래는 학원 차를 타고 오는데 별일이었다.

"어? 너 뭐냐?"

내가 먼저 알은체했다.

"어? 참치야!"

녀석은 참치부터 챙겼다. 참치도 녀석을 보자마자 멍멍 짖으면서 꼬리를 흔들어 댔다.

"어머! 참치가 이렇게 좋아하는 거 처음 본다."

그레이스 박이 신기하다는 듯이 참치와 봉필서를 번갈아 쳐다봤다.

"필중아, 누구야?"

"아……. 동, 동생이요."

내가 소개하자마자 봉필서가 고개를 숙였다. 여전히 한 손은 참치 머리를 연신 만지고 있었다. 내가 아무리 줄을 잡아당겨도 참치는 내 곁으로 오지 않았다.

"어, 그래? 너보다 동생이 크구나. 근데 참치가 동생을 엄청 좋아하나 봐?"

얼굴이 확 달아올랐다. 봉필서가 나보다 크다고 콕 집어서 확인해 주는 건 그레이스 박도 마찬가지였다. 그뿐이 아니었다. 그동안 내가 치던 뻥들이 들통나기 일보 직전이었다. 참치가 나한테는 꼼짝도 못 하고, 충성심도 강하며, 내 명령이라면 절대 복종한다고 뻐기며 자랑질을 해 댔는데, 지금 모습은 그것과 거리가 멀어 보였다. 아닌 게 아니라 지금 나는 그런 개가 필요했다. 못생긴 주제에 말도 안 듣고 눈치도 없는 이런 똥개가 아니라.

그레이스 박이 탄 버스가 출발하자마자 목줄을 봉필서에게 넘겨 버렸다.

"근데 누구야? 학교 선생님 같지는 않던데?"

봉필서가 버스가 사라진 쪽을 뒤돌아보면서 물었다.

"몰라도 돼!"

나는 빠른 걸음으로 앞서 걷기 시작했다. 봉필서랑 참치가 내 뒤를 바짝 따라왔다.

"야! 봉필중, 혹시 요가 선생님은 아니지?"

봉필서가 외치듯이 물었다.

"왜?"

"예쁘다면서?"

"예쁘잖아."

"너 눈이 어떻게 된 거 아니냐? 뭐가 예뻐? 저게 무진장 예쁜 거냐?"

"……."

말도 섞기 싫었다. 여자를 알기나 하고 저딴 말을 하는지 대꾸할 가치도 없었다. 속이 자꾸만 쓰려 오고 목 밑까지 답답한 게 올라왔다. 체한 것도 아닌데 뭔가 묵직한 게 꿈틀거렸다. 바로 짜증이라는 놈이다.

도대체 봉필서는 이 시간에, 왜, 그 버스에서 내려야만 했을까…….
내 인생에는 코딱지만큼도 도움이 안 되는, 참치보다 못난 놈!

그날 이후로 요가 수업에는 참치를 데려가지 않았다. 산책도 내킬 때만 하게 되었다. 나를 좋아하지도 않는 녀석한테 의무 따위는 필요 없었다.

“자, 오늘은 활 자세를 배워 보겠어요.”

그레이스 박이 나란히 발을 모은 후 왼쪽 다리를 뒤로 올리기 시작했다. 동시에 왼손을 뒤로 돌려 올린 발을 잡아당겼다. 자연스럽게 몸이 앞으로 기울어졌다. 오른팔을 앞으로 쭉 뻗으면서 중심을 잡았다. 오른발로만 지탱하던 몸이 균형을 잡으면서 학이 서 있는 자세가 되었다.

“오른발이 뿌리가 된다는 생각으로 균형을 잡으세요. 비뚤어진 몸과 마음을 바로잡아 주는 자세예요.”

그레이스 박의 가슴골이 살짝 보이기 시작했다.

‘조금만 더! 조금만 더!’

활 자세로 시선을 앞에 두기에는 중심이 흔들렸다. 나는 그만 옆으로 무너지고 말았다. 아줌마들이 웃었고 나는 얼른 일어섰다. 다시 자세를 잡아 보려고 했지만, 이미 다음 동작으로 넘어간 후였다. 무진장 창피했지만 이 정도 고난은 늘 있어 왔다. 사실 아줌마들도 종종 넘어졌고, 심지어 방귀까지 터지는 경우도 허다했다. 나야 그 정도는 아니니까 귀여운 실수라고 스스로를 위로했다.

수업이 끝나고 주민센터 앞마당에 있는 의자에 앉아 있었다. 참치는 없지만 상관없었다. 참치 따위로 관심을 끌 필요가 없기 때문이다. 요가반 아줌마들이 우르르 몰려나왔다. 아줌마들은 요가복보다는 일상복이 더 어울렸다. 저 옷 안에 거대한 뱃살들을 어떻게 다 숨겨 놓았는지 놀라울 따름이다.

"그레이스 박 본명이 뭔지 알아?"

한 아줌마가 말했다. 귀가 쫑긋 세워졌다.

"뭔데 그래?"

"박호순이야, 박호순!"

자기가 말해 놓고는 까르르 웃었다.

"진짜야?"

"응, 그렇대도."

"아이, 이름이랑 얼굴이랑 딱이네, 딱이야."

"자기도 그렇게 생각해? 나도 이름 알고는 어쩜 그렇게 잘 어울리나 했어."

이번에는 여럿이 같이 웃었다.

"어쩐지 그레이스라는 이름이랑 어울리지 않았어. 이름이 순박하고 이쁘구먼 뭘 감추고 그런대?"

"그러게 말이야. 그렇다고 그 얼굴이 어디 가겠어? 몸매만 이쁘면 뭐 하냐고."

"그렇지. 그래도 여자는 얼굴 아니겠어? 일단 얼굴부터 보잖아. 요즘은 성형도 많이들 하더만."

"자기도 쌍꺼풀 한 거라면서?"

"아이고, 요즘 쌍꺼풀이랑 코는 성형도 아니야."

"하긴 그래……."

주민센터 마당을 지나가는 아줌마들을 째려봤다. 뒤에서 흉을 보는 게 얄미웠다. 저 아줌마들은 아무리 운동을 열심히 해도 그레이스 박 같은 몸매가 될 수는 없을 것이다. 차라리 다시 태어나는 게 빠를 거다. 아줌마들이 사라질 때까지 열심히 째려보고 난 뒤에 주민센터 쪽으로 고개를 돌렸다. 그런데 거기에 그레이스 박이 서 있었다. 눈이 마주치자 괜히 가슴이 뛰었다. 내가 한 이야기가 아닌데도 말이다.

"너도 들었구나?"

"뭘요?"

"나도 들었어. 사실 아까 복도에서부터 내 이름 가지고 얘기하더라고."

"전 몰라요."

내가 모른다고 하거나 말거나 그레이스 박은 제 말만 했다.

"어릴 때부터 이름 때문에 놀림을 많이 받았거든. 그렇다고 이름을 버릴 순 없잖아. 개명이라고 법원에다가 이름을 바꿔 달라고 할 수도 있었는데 결국 하지 않았어."

"왜요?"

"이름을 바꾸면 얼굴도 바꿔야 할 것 같았거든."

"아, 네……."

"필중아?"

"네?"

그레이스 박을 쳐다봤다. 눈이 부실 정도로 예뻐 보였다. 내 눈이 진짜로 잘못된 걸까? 갑자기 그레이스 박한테 좋아한다고 고백할 뻔했다. 내가 좋아하는 사람은 따로 있는데 말이다.

"저기, 오해하지 말고 들어 줘. 제발, 요가할 때 내 가슴 좀 그만 쳐다볼래……?"

그레이스 박이 아주 수줍게 말했다. 마치 사랑 고백이라도 하는 것처럼 말이다.

손끝에서부터 머리끝까지 찌릿 하고 전기가 오는 것 같았다. 얼굴이 불에 타는 것처럼 뜨거워졌다. 나는 벌떡 일어나서 무작정 뛰기 시작했다. 아니라고, 그건 오해라고 말했어야 했는데, 난 바보처럼 도망치고 말았다.

며칠 후 그레이스 박으로부터 문자를 받았다.

필중아, 네가 내 가슴만 본 게 아니라는 걸 알고 있어. 넌 남들에겐 없는 아주 특별한 눈을 가지고 있거든. 그래서 고마운걸.

문자를 읽고 나서 옥상으로 올라갔다. 언제나 내 차지였던 옥상을 참치에게 빼앗기긴 했지만, 여전히 답답하면 찾는 게 옥상이었다.

참치가 고개를 번쩍 들어 나를 쳐다봤다가 다시 고개를 묻었다.

"너도 잘생긴 거야? 내가 잘못 본 거냐?"

참치는 아무 대답도 하지 않았다.

그래도, 그레이스 박은 여전히 예쁘다. 당분간은 그레이스 박이 많이 생각날 것 같다.

어떤 녀석은 벌써 어른이 되었다

처음에는 내가 꿈을 꾸고 있다고 생각했다. 누군가 방에 있었다. 봉필서라는 걸 알고 나서야 가슴을 쓸어내렸다. 어둠 속에서 봉필서가 쪼그리고 앉아 있었는데, 그 모양새가 심상치 않았다.

녀석은 천천히 서랍장을 열었다. 최대한 소리가 나지 않도록 조심히 움직였다. 하지만 눈치가 없는 서랍장이 말을 듣지 않았다. 드르륵 소리가 나자 녀석은 얼음이 되었다. 잠시 후 내 쪽을 슬며시 돌아봤다.

"뭐 하냐?"

녀석은 화들짝 놀라 어깨까지 크게 들썩였다.

"상관 마. 잠이나 자."

"오줌 쌌냐?"

"미친 새끼!"

봉필서는 서둘러 방을 나가 버렸다.

"우씨, 저게……."

벌떡 일어나 불을 켜고는 열다 만 서랍장 속을 들여다봤다. 속옷장이다. 팬티랑 메리야스를 뒤적거린 모양이었다. 침대로 가서 봉필서 이불을 젖혔다. 시트에 얼룩이 져 있었다. 오줌은 아니었다. 얼른 불을 끄고 이층 침대로 올라가 녀석을 기다렸다. 아무리 기다려도 오지 않았다. 한참 후에 들어온 녀석이 침대에 누웠다. 이층까지 흔들렸다. 녀석이 벌써? 말로만 듣던 그게 맞을까? 설마…….

아침 메뉴는 오늘도 된장찌개다. 된장찌개 아니면 된장국, 김치찌개 아니면 김칫국, 예상 가능하다.

"엄마, 봉필서……."

"뭐? 내가 뭐?"

녀석이 화들짝 놀라면서 내 말을 가로챘다.

"얘들이 아침부터 왜 이래? 필중이 너부터 말해."

엄마가 아빠 옆에 있는 물컵을 식탁 안쪽으로 옮겨 놨다. 얼마 전에 끓인 이상한 물이다.

"아냐, 아냐. 나부터 말할래."

봉필서가 필사적으로 내 말을 가로막았다.

"알았어. 뭐?"

"아, 그게……, 나 오늘 스터디 있다고."

"어제 말했잖아."

엄마가 이번에는 나물 반찬을 아빠 앞으로 밀어 줬다. 아빠가 나물을 집으려다 엉뚱하게도 식탁에 젓가락을 찍어 댔기 때문이다.

"그랬나? 한 시간 늦게 온다고 말했어?"

"그래, 말했다니까. 필서야, 힘들면 스터디하지 마. 그냥 학원만 가도 되는데 너희끼리 스터디는 뭐 하러 해?"

"아냐, 아냐. 할 거란 말이야."

봉필서가 수저를 놓았다.

"벌써 다 먹은 거야? 누군 공부를 너무 해서 걱정이고, 누군 너무 안 해서 걱정이고. 어째 우리 애들은 중간이 없어……."

공부를 너무 안 하는 나도 수저를 놓고 말았다.

"너도 다 먹은 거야? 아까 하려고 한 말은 뭔데?"

"시트 좀 갈아 달라고. 냄새난단 말이야."

방으로 들어가려다 뒤돌아선 봉필서랑 눈이 마주쳤다. 녀석 얼굴이 벌겋다 못해 터지기 일보 직전이다.

"그걸 아직도 엄마가 해야 돼? 니들은 손 없어? 냄새나면 벗겨서 세탁기 안에다 넣으면 되잖아. 아이고, 내가 지겨워 죽겠어. 뭐 하나 알아서 하는 법이 없다니까."

"알았어, 알았다고. 이따 와서 하면 되잖아."

내가 일어서자 아빠도 덩달아 일어섰다.

"당신도 다 먹은 거야? 찌개가 맛이 없나?"

엄마가 된장찌개를 수저로 휘휘 젓다가 내려놨다.

"얘들아, 내가 데려다줄게."

아빠가 자동차 열쇠를 챙겨 들었다.

"어디? 애들 학교?"

엄마가 놀라서 물었다. 사고 이후 아빠의 똥차는 엄마 차지다. 아빠가 아무 말도 안 하자 엄마가 다시 말했다.

"안 돼. 당신 운전하면 안 되는 거 몰라?"

"괜찮아. 가까운걸, 뭐."

봉필서는 신발을 신고 있었다. 나도 막 가방을 챙겨 들고 나서려던 참이었다.

"안 된다니까!"

엄마가 소리를 질렀다. 아빠도 우리도 그런 엄마를 쳐다봤다. 엄마가 아빠 손에 있는 자동차 열쇠를 빼앗아 들고는 안방으로 들어가 버렸다. 아휴 지겨워, 소리가 방문 닫히는 소리에 밀려서 사라졌다.

"안 된다네……. 얘들아 늦겠다, 얼른 가라."

아빠 얼굴이 점점 발개지고 있었다.

엄마도 아빠가 한심한 걸까? 막상 아빠가 한마디 대꾸도 못 하는 걸 보니까 마음이 이상했다. 아빠한테 뭐라고 하는 엄마도, 가만히 있는 아빠도 다 짜증이 났다.

계단을 내려가는데 앞서가는 봉필서가 보였다. 녀석이 올해 들어 부쩍 자랐다. 어떤 녀석은 그걸 하면 정신이 몽롱해지고 구름 속을 나는 것 같다고 했다. 또 오줌 싸는 거랑 똑같다는 녀석도 있었다. 심지어 하룻밤에 두 번씩이나 한 녀석도 있다. 모두 '어떤 녀석들'의 전설 같은 이야기다. 내가 아직 안 해 봤으니 확인할 길은 없다. 하지만 분명한 건, 그게 어른이 되기 위한 첫 신호라는 것이다. 봉필서가 벌써 '어떤 녀석'이 되었다니, 정말 믿을 수가 없다.

처음으로 윤서가 구박을 했다. 벌써 세 번이나 가르쳐 줬는데 또 틀렸다면서 한숨을 쉬었다. 세 번째로 푸는 거지만 나한테는 늘 처음 본 문제 같았다. 그래서 기운이 없었다. 부쩍 추워진 날씨도 한몫했다. 그리고, 그 일이 벌어졌다.

제임스가 미친 듯이 울었다고 한다. 로라도 제임스가 우는 이유를 알고 있었을까? 가끔이지만 이곳 세계가 궁금할 때도 있었다. 서울 한복판 다세대 빌라의 옥상 말이다. 구글이나 다음에서 지도 검색을 하다 보면 빌라 옥상들을 볼 수가 있다. 노란 물통이 집집마다 하나씩 달려 있거나, 초록색 방수 페인트를 칠한 바닥을 확인할 수 있다. 우리 집도 재동이 형네도 마찬가지다. 페인트칠을 한 옥상을 땅 삼아 사는 제임스와 로라, 참치는 행복했을까? 이틀 걸러 찾아오는 황사가, 밤에도 번쩍거리는 차들의 불빛이, 건물의 네온사인이 얘들을 울지 못하고, 짖지 못하게 한 건 아닐까?

아마도 매일 밤 이런 말을 주고받았을지도 모른다.

"너, 또 왜 우냐?"

"동이 텄잖아."

"바보야, 저건 해가 뜨는 게 아니라고. 다시 지은 쇼핑몰 불빛인 거 몰라?"

"넌 어떻게 아는데? 온 지도 얼마 안 됐잖아."

"난 그래도 살 만큼 살았거든. 거기다 하루에 한 번은 땅을 밟잖아. 공중에 떠 있는 너희가 뭘 알겠냐?"

"우리가 밟고 있는 게 땅이 아니었어?"

"이런, 정말 불쌍하구나. 자기가 밟고 있는 게 땅인지, 콘크리트인지도 알지 못하다니."

"근데 넌 묶인 것도 아닌데 왜 그곳에서만 돌아다니냐?"

"계단이 있잖아."

"그게 뭔데?"

"우리한테는 사다리 같은 거야. 사다리가 사람한테는 꽤 쓸 만한 물건이지만 우리는 그렇지 않거든. 억지로 올라가거나 억지로 내려갈 일이 없어. 사다리는 사람한테나 필요한 거지, 우리한테는 필요 없다고."

"무서워서 그런 건 아니고?"

"바보야, 무서운 건 저 아래에 훨씬 더 많거든."

그리고 참치는 고상한 척 옥상을 걸었을 것이다. 한밤중에 참치 발소리가 들리는 날도 있었다. 그런 밤에는 그 소리를 자장가 삼아 잠이 들기도 했다.

어쨌든 제임스와 로라는 그 사건을 본 유일한 목격자가 되었다. 내가 옥상에 도착했을 때 참치는 이미 죽어 있었다. 입에 하얀 거품을 물고 혓바닥이 쭉 빠져 있었는데, 그걸 보니 덜컥 겁부터 났다. 다가서지도 도망치지도 못한 채 참치를 내려다봤다. 재동이 형이 참치 앞에서 울고 있었다.

"옥상을 막 돌아다녔어……. 미친 듯이 뱅글뱅글 돌다가 죽어 버렸어. 무진장 아파했어……."

형은 흐느끼느라 말을 제대로 잇지 못했다.

옥상은 이미 난장판이었다. 참치 밥이 여기저기 흩어져 있고, 곳곳에 오줌과 토사물이 보였다. 세워 놓은 나무판도 쓰러져 있고, 돼지네가 쌓아 놓은 의자들도 자빠져 있었다. 너무 아프고 괴로워서 옥상을 돌면서 몸부림을 친 것이다.

"우리 엄마 아빠 못 봤어?"

"몰라. 집에는 안 계셔……."

"우씨, 어떻게 된 거야? 죽은 거야? 죽은 거 확실해? 응? 혀엉~!"

괜히 형한테 따지고 들었다. 형은 그러거나 말거나 여전히 울고만 있었다. 나는 도저히 참치 가까이 갈 수가 없었다. 엄마한테 전화를 했다. 엄마는 아빠랑 함께 있다고 했다. 엄마의 목소리는 어느 때보다 차분했다. 화를 내지도, 그렇다고 슬퍼하지도 않았다. 그게 다였다.

봉필서가 온 건 얼마 후였다. 아니나 다를까, 학원에 가기 전에 옥상에 들른 것이다. 솔직히 엄마가 봉필서보다 빨리 오길 바랐다. 봉필서는 참치 가까이 가려다가 흠칫 물러섰다. 녀석도 가까이 다가가지 못했다.

"너, 참치한테 뭔 짓을 한 거야?"

"누가? 내가?"

“그래!”

봉필서가 소리를 질렀다.

“나도 지금 막 왔거든.”

“아픈 거야? 병원에 데려갈 거지?”

“…….”

내가 아무 말도 하지 않자 봉필서가 재동이 형을 향해서 소리쳤다.

“형은 왜 울고 그래? 누가 죽기라도 했어?”

“참치가 죽었어…….”

형이 말했다.

“웃기지 마! 참치가 왜 죽어? 형은 형네 집으로 가란 말이야. 왜 자꾸 우리 집에 오는데? 꺼지란 말이야, 꺼져 버려. 형은 옛날부터 재수 없다고!”

봉필서가 악을 썼다. 억지를 부리면서 형한테 화풀이를 했다. 그것도 모자라 마구 주먹질을 해 댔다. 형은 가만히 맞고만 있었다.

“시끄러! 참치 죽은 거 맞아.”

내가 소리쳤다.

“병신 새끼들! 너희가 참치 죽였지? 내가 모를 줄 알고? 다 죽어 버려!”

봉필서가 내 가슴팍을 확 밀치고는 옥상을 내려갔다. ‘퍽’ 소리와 함께 가슴이 찌릿했다.

얼마 후, 엄마 아빠가 왔다. 엄마는 표정이 싸늘하게 굳어 있었다. 참치를 보고도 눈 하나 깜박이지 않았다. 잠깐 내려가더니 집에서 담요 한 장을 들고 올라왔다.

"경찰에 신고할 거야."

엄마는 담요로 참치를 덮어 주었다.

"누굴?"

"보나 마나야. 분명히 돼지네일 거야."

"그런 사람 아니라는 거 당신도 알잖아. 진정해."

"그런 사람이 누군데? 참치를 죽였다고 이마에 써 놔야 아나? 딱 보면 안다고. 그 사람이야."

엄마가 아빠를 똑바로 쳐다보며 말했다.

"당신, 지금 흥분한 거 알아? 이성적으로 생각하란 말이야."

"지금 이 상황 보고도 그런 말이 나와?"

"화를 낸다고 참치가 살아나는 건 아니잖아. 당신이……."

아빠가 너무 침착해서 더 화가 난 걸까? 엄마는 바락바락 악을 썼다.

"뭘 이성적으로 생각해? 당신은 이성적이라서 지금 이러는 거야? 나는 흥분해서 이러는 거고? 당신은 어쩜 그렇게 당신 위주로

만 생각하니? 내가 얼마나 힘든지, 얼마나 괴로운지 관심도 없지? 내 생각을 눈곱만큼이라도 한다면 이렇게는 못 할 거야. 나도 더 이상은 지겨워서 못 해 먹겠다."

"그만해. 애들도 있잖아!"

아빠도 버럭 소리를 질렀다. 속사포같이 질러 대던 엄마가 조용해졌다. 우리 앞에서는 절대로 소리를 지르거나 화를 내지 않던 아빠였다. 그래서 엄마가 더 만만하게 보는 거라고 생각했다.

순간, 주위가 고요해졌다. 삼거리를 지나는 사람들 소리도, 차 소리도 들리지 않는 것 같았다. 재동이 형이랑 나는 서둘러 옥상에서 내려왔다. 거기서 엄마 아빠가 싸우는 걸 계속 보고 싶지 않았다.

그날 저녁, 엄마가 보이지 않았다. 누구도 먹지 않은 저녁이 식탁에 차려진 채였다. 아빠도 밥상을 힐끔 보고는 밖으로 나가 버렸다.

"범인을 잡고 말 거야."

봉필서가 멀뚱히 식탁에 차려진 밥상을 보면서 말했다.

"……."

"약 먹은 거 맞지? 약 준 놈을 반드시 찾고 말 거야."

봉필서도 이층 돼지네를 의심하는 듯했다. 아무래도 참치가 이층에 내려가서 돼지네 아저씨가 놓은 쥐약을 먹은 것 같았다. 불현듯 봉필서가 영재 캠프에 들어갔을 때 일이 떠올랐다. 삼 일째였

나, 하루는 계단을 올라오는데 참치를 이층에서 마주쳤다. 어떻게 내려왔나 싶어 깜짝 놀라긴 했다. 게다가 쓰레기봉투를 뒤지고 있었다. 내가 "야!" 하고 소리치자 녀석도 깜짝 놀라면서 계단을 올라갔다. 나중에서야 삼 일 내내 사료를 주지 않았다는 게 생각났다. 계단을 내려와야 하는 무서움보다 배고픔이 더 견디기 힘들었던 것이다. 하지만 난 그걸 금세 잊고 말았다. 여전히 참치는 계단을 무서워했으니까.

"아빠가 괜한 오해 하지 말랬어."

봉필서가 나를 빤히 쳐다봤다. 눈이 벌겠다.

"넌 안 궁금하지? 참치 같은 거 어떻게 돼도 상관없지?"

"바보 같은 소리 좀 작작해. 참치를 좋아하진 않았지만 죽길 바랄 정도는 아니라고."

"그럼 나랑 범인 잡자, 응?"

녀석이 눈을 연신 깜박거렸다. 나오려는 눈물을 애써 참고 있었다. 평소 같으면 울고불고 난리가 났을 텐데.

"알았어, 알았다고."

나도 모르게 한숨이 새어 나왔다.

"진짜다. 너 약속했다."

봉필서가 다시 한 번 다짐을 받았다.

어쩌자고 우리는 가족이 된 걸까?

어젯밤 늦게 들어온 엄마 아빠가 아침 일찍 일어났다. 애정리로 출발하기 위해서다. 우린 이모할머니가 사는 곳을 아직도 옛날 주소인 애정리라고 부른다. 그곳에 참치를 묻어 주기로 했다. 나도 따라가고 싶었지만 봉필서 때문에 집에 있어야만 했다. 녀석이 학원에 빠지면 안 된다고 말해서 나까지 갈 수가 없게 되었다. 참치를 묻는 일보다 학원이 중요하다니, 역시 이런 인간은 믿는 게 아니다.

나는 짜장면을 후딱 먹어 치우고 먼저 일어섰다. 참치가 죽었다고 해서 바뀐 건 아무것도 없었다. 모든 것이 그대로였다. 아무것도 못 할 것 같은 봉필서도, 우리 집도 말이다. 그래서였을까? 죽음이 별게 아니구나 싶었다.

피시방에 가려고 나왔다가 나도 모르게 옥상에 올라갔다. 어느새 옥상은 말끔히 치워져 있었다. 나란히 포개진 고무통은 뚜껑이 덮인 채였다. 아무 생각 없이 뚜껑을 열어 보았다. 남은 사료 포대를 보자 못 볼 꼴을 본 것처럼 뜨끔했다. 서둘러 뚜껑을 닫고 옥상에서 내려왔다.

두 시간이나 게임을 하고 집으로 돌아왔다. 게임도 잘 안 되고 재미도 없었다. 그런데도 집에 가기는 싫었다. 억지로 시간을 채우기는 처음이었다.

집으로 올라가는데 봉필서가 삼층으로 올라가는 계단에서 이층을 내려다보고 있었다. 학원에 있을 시간이지만 알은체하지 않았다. 삼십 분쯤 지났을까? 혹시나 하고 내다봤다. 녀석의 정수리가 보였다. 꼼짝도 하지 않고 그대로다. 뭔가 심상치 않았다.

"뭐 하냐? 학원에 안 가?"

계단을 내려가 녀석의 옆에 앉았다.

"……."

"아, 답답해! 말 안 할 거야? 엄마한테 전화한다."

"범인 잡는다고 했잖아. 치사한 새끼! 넌 관심도 없잖아?"

"너 지금 욕했어? 엄마한테 진짜 이를 거다!"

"네 마음대로 해."

"어쭈! 이제 막 나간다 이거지?"

"조용히 해. 범인 잡아야 하거든."

봉필서가 사뭇 진지한 표정으로 말했다.

"범인?"

"그래."

"이층?"

"기다려 봐. 분명히 뭔가 있단 말이야. 확실하다고."

"여기서 뭘 어떻게 할 건데?"

"범인은 범죄 현장에 다시 나타나게 돼 있어. 자기가 흔적을 흘렸을까 봐 겁이 나거든. 증거를 없애려고 할 거야."

"탐정 얘기 좀 그만 읽어라."

"넌 내가 웃기지? 두고 봐. 반드시 잡고 말 거니까."

"그래서 뭘……."

"야, 야, 나온다. 조용히 해."

나도 덩달아 안쪽으로 몸을 바짝 숨겼다. 덕분에 녀석과 부둥켜 안고 있어야 했다.

돼지네 아저씨가 커다란 봉투를 들고 밖으로 나오더니, 계단에 늘어놓은 무엇인가를 뒤적거렸다. 부스럭 소리가 야단스럽게 들렸다. 곧이어 커다란 봉투는 없어지고 달랑 무 두 개를 들고 가게 안으로 들어갔다.

"뭘 찾아야 하는데?"

내가 작은 목소리로 물었다.

"증거!"

"증거를 왜 여기서 찾냐?"

녀석이 나를 빤히 쳐다봤다.

"따라와!"

봉필서와 나는 돼지네 쓰레기봉투를 들고 옥상으로 올라갔다. 어찌나 무거운지 봉필서랑 함께 들어야 했다. 냄새도 지독했고, 정체를 알 수 없는 국물도 흘렀다. 이러니 통로에서 냄새가 나는 것이다. 50리터짜리 쓰레기봉투가 생각보다 컸다.

우리는 옥상에다 쓰레기를 죄다 쏟아부었다. 악취가 진동을 했다. 봉필서가 잠깐 기다리라고 하더니 잽싸게 계단을 내려갔다. 잠시 후 올라온 녀석이 하얀 장갑을 내밀었다. 라면을 건질 때 쓰는 집게까지 챙겨 왔다.

"영화 찍냐?"

쏟아 놓고 보니 짜증이 났다.

"그럼 맨손으로 뒤지려고? 넌 그렇게 해라. 난 이렇게 할 테니까."

녀석을 한 번 째려보고는 장갑을 꼈다.

오만 가지 쓰레기가 다 있었다. 음식 먹고 코 푼 휴지에다, 물에 젖은 상자, 과자 봉지, 담뱃갑이며, 심지어 화장품도 있었다. 물론 다 쓴 빈병이었지만.

어느새 재동이 형도 올라왔다. 자기네 집 옥상에서 우리를 본 것 같았다. 뭐 하는 거냐고 먼저 소리를 지를 법도 한데 바로 우리 옥상으로 건너온 것이다.

형은 오자마자 물었다.

"무슨 일이야?"

우리는 동시에 조용히 하라고 손짓을 했다. 형도 우리를 따라서 검지를 입에 대며 눈알을 굴렸다.

"뭘 찾는데?"

형은 쓰레기 더미에 있던 나무젓가락으로 쓰레기를 헤집으며 속삭였다.

"참치를 죽인 증거!"

봉필서가 짧게 대답했다.

"여기에 증거가 있어?"

"돼지네 아저씨가 여기다 참치를 죽인 흔적을 남겼을지도 모른대."

내가 설명을 해 줬다.

"돼지 아저씨가 범인이야? 여기에 증거가 있어? 뭘 찾아야 돼?"

"이상한 거 있으면 얘기해."

"이상한 거? 이건 이상한 거야, 아닌 거야?"

형이 손에 든 것은 이상한 게 분명했다. '쥐싹, 쨈'이라는 회색 봉투였다. 돼지고기를 파는 집에서 쥐약 봉투가 나온 것이다. 그것도 빈 봉투였다.

'쥐싹, 쨈' 봉투에는 쥐가 자빠져서 죽어 있는 그림이 그려져 있었다. 뒷면 문구는 기가 막혔다. 쥐가 좋아하는 냄새가 난단다. 그뿐이 아니었다. 자기가 먹은 걸 소문내지 않는다고 쓰여 있었다. 그래서 다른 쥐도 먹게 된다나? 정말 놀라운 약이다. 내 죽음을 우리 편에게 알리지 마라, 가 바로 이거다. 그래서 언제부턴가 이층에서 쥐를 볼 수가 없었던 거다. 봉필서는 '쥐싹, 쨈'을 하얀 봉투에 조심스럽게 넣었다. 진짜 증거품처럼 다뤘다.

얼마 후 비가 내리기 시작했다. 형과 녀석, 그리고 나는 점점 더 많이 내리는 빗속에서 쓰레기를 주워 담았다. 비를 맞은 쓰레기는 더 더러웠다. 냄새도 고약했다. 비에 쫄딱 젖은 채 이층 통로에 쓰레기봉투를 몰래 갖다 놓았다.

우리는 집에 들어오자마자 차례로 샤워를 했다. 엄마한테 전화가 온 건 재동이 형이 욕실에 들어갔을 때였다. 학원에서 엄마한테 전화를 한 것 같았다. 엄마는 별일 없냐는 소리만 했다. 봉필서가 집에 있다는 걸 확인하고서야 안심하는 눈치였다.

재동이 형이랑 같이 자도 되냐고 물었다. 아줌마한테 전화해 준다고 했다. 뭘 한다고 해도 허락할 것 같았다. 거기에도 비가 오냐고 물었지만 전화가 끊긴 후였다. 비가 오는 날에 참치가 묻히는 게 싫었다.

다음 날 아침, 재동이 형이 나를 흔들어 깨웠다. 집에 가려고 하다가 돼지네를 보고 놀라서 올라온 것이다. 나도 시집 못 간 돼지네 유리문을 보고 기절하는 줄 알았다. 봉필서 짓이다. 딱 봐도 알 수 있었다. 정작 일을 벌인 녀석은 아직도 자는 중이다.

"빨랑 지우자."

형이 더 난리다.

"내가 한 것도 아닌데 뭐 하러?"

"필서가 한 거잖아. 어제 이층 아저씨는 나쁜 새끼라고 세 번이나 말했거든."

나도 안다. '나쁜 새끼'라고 잘도 썼다. 봉필서 글씨라면 지난 수 년 동안 보았으니까.

"그래서 어쩌라고?"

괜히 형한테 소리를 질렀다. 휴대폰을 꺼내서 시간을 확인했다. 아직 10시 전이다. 돼지네 아저씨가 오려면 시간이 좀 있었다. 못 이기는 척 집에 올라가 연장통을 뒤졌다. 녀석을 깨워서 따지는 건, 일단 나중으로 미뤘다.

래커로 쓴 글씨라서 물로는 지워지지 않았다. 참치 집을 꾸며 주려고 산 래커를 이렇게 쓰다니 봉필서답다. 그런 머리는 잘도 돌아가는 것 같다. 급한 대로 끌을 챙겨 들었다. 형도 비슷한 연장 하나를 집어 들었다. 끝이 날카로워서 껌 같은 걸 긁어내기에 좋았다.

그런데 '나' 자를 다 지우고 '쁜' 자를 긁어내려고 할 때 아저씨가 와 버렸다. 아저씨는 어이가 없는 표정으로 우리를 봤다. 이어서 유리문에 써진 글씨도 읽었다.

"……쁜. 새. 끼?"

그것도 한 자 한 자 끊어서 읽었다.

"……제가 한 거 아니에요."

"저도 아니에요……."

형은 고개까지 저으며 말했다.

그렇다고 봉필서 짓이라고 말할 수도 없다. 내 동생이 개 새끼가 죽어서 머리가 돌았다고 말해 볼까? 그 충격으로 정신이 나가서 한 짓이라고 하면 용서해 주려나? 어쩌자고 나는 녀석과 가족이 된 걸까! 정말 지금만큼은 봉필서 형이 아니고 싶다.

아저씨는 지우지 말고 그냥 두라고 했다. 그만두라는데 끝까지 지우는 것도 이상한 일이긴 하다. 아니, 우리가 쓴 글씨도 아니라면서 기를 쓰며 지우고 있는 행동 자체가 이상한 일인가?

엄마 아빠가 돌아와서, 그 핑계로 집으로 올라왔다. '쁜 새끼'를 그대로 둔 채.

엄마가 애정리에서 가져온 물건들을 정리하면서 물었다.

"에휴, 지겨워. 너 무슨 짓을 한 거야?"

"나 아니거든!"

"진짜야?"

엄마가 나를 째려봤다.

"진짜라니까!"

"그럼 거기서 뭐 한 거야?"

"그냥 있었어……."

뭐든지 이런 일은 왜 나라고 생각하는 걸까? 치사하다.

"당신도 이층에 있는 글씨 봤지?"

엄마가 묻는데도 조용하다. 엄마가 아빠를 쳐다봤다. 나도 아빠를 돌아봤다. 아빠는 엄마 눈길을 피해 방으로 들어가 버렸다. 아니, 정확히 말하면 방으로 들어가다가 문틀에 살짝 부딪힐 뻔했지만 아슬아슬하게 비껴갔다. 애정리에서 무슨 일이 있었나? 엄마가 웬일로 아빠 눈치를 보는 것 같았다.

그날 이후 아빠는 대부분의 시간을 방에서 지냈다. 엄마가 밥 먹으라고 하는 소리에 간신히 나올 정도였다. 엄마는 그런 아빠를 보고 아주 길게 한숨을 쉬었다.

급기야 봉필서가 내게 물었다.

“이혼할 거 같지?”

“몰라.”

“어떡하지?”

“뭘?”

“우리가 어떻게 해야 하냐고?”

“우리가 뭘 어떻게 하냐? 자기들이 알아서 하는 거지.”

“남 일이냐?”

“그럼 내 일이냐?”

“재수 없는 새끼!”

더 이상 싸움도 귀찮았다.

아빠와 나는 예전보다 자주 마주쳤다. 아빠가 집에 있는 시간이 많아지면서부터다. 엄마는 아빠가 회사를 그만둔 뒤부터 무슨 일을 하는지 더 바빠졌다. 그 바람에 아빠와 단둘이 밥을 먹는 날이 많아졌다.

그래서일까? 보이지 않았던 것들이 하나씩 보이기 시작했다. 예를 들면 아빠의 몸에 난 멍 자국이나 정지된 순간들 같은 것이다. 새로운 멍들이 자꾸만 늘어났다. 또 무엇인가를 하다가 가만히 멈추는 동작은 마치 '얼음, 땡' 놀이 같았다. 얼음을 풀어 줄 이가 아무도 없는 것처럼 아빠의 정지된 순간은 점점 길어지고 있었다.

가끔은 아는 척했지만 대부분 모르는 척, 안 본 척 무시해 버렸다. 허둥대면서 늘어놓는 변명이 듣기 싫었다. 나약하고 무능한 아빠라는 걸 확인하는 것 같아서 참을 수가 없었다.

오줌이 마려워서 잠에서 깼다. 화장실에 다녀와 침대에 누웠는데 코앞의 천장이 보였다. 참치가 생각났다. 참치는 잘 갔을까? 그곳은 땅이라서 좋을까? 이런저런 생각에 쉽게 잠이 오지 않았다. 그런데 발자국 소리가 들렸다. 옥상에 누군가 있었다.

"너도 들었지?"

봉필서가 내게 물었다.

"깜짝이야! 깼으면 깼다고 말을 해야지, 놀랬잖아."

"그럼 이층에서 그렇게 요란하게 내려오는데 안 깨냐? 미리미리 화장실 다녀오라고 몇 번이나 말했냐?"

"너도 들었구나? 어떻게 할래?"

"뭘?"

"혹시 아냐? 네가 말한 나쁜 새끼일지도 모르잖아."

"가 보자!"

녀석이 부리나케 일어섰다.

우리는 최대한 조용히 밖으로 나갔다. 휴대폰의 플래시를 켰다. 봉필서는 창고 옆에서 어설픈 막대기 하나를 집어 들었다. 그걸 든다고 범인이 무서워할 것 같지는 않았지만, 그래도 없는 것보다는 나았다.

검은 그림자가 옥상을 어슬렁거렸다. 여유로운 걸음이 범인의 것은 아닌 것 같았다.

"누구세요?"

봉필서가 아주 친절하게 물었다.

"왜 올라왔어?"

아빠였다. 안도의 한숨이 절로 나왔다. 잔뜩 긴장한 게 오히려 쑥스러울 정도다. 어쩌다 보니 나란히 서서 하늘을 보게 되었다. 별도 보이지 않는 하늘이지만.

"너희 짓이지?"

아빠가 물었다.

나도 봉필서도 대답하지 못했다.

“이층에 그런 걸 쓰면 어떻게 해? 분노를 그런 식으로 표현하는 건 아주 나쁜 거야.”

“나 아니거든…….”

아빠가 나를 의심할까 봐 먼저 말해 버렸다. 봉필서는 끝까지 자기라고 말하지 않을 것이다.

“미안하다, 얘들아.”

“아빠가 왜?”

봉필서가 물었다.

“그냥 아빠가 미안해. 이렇게 된 게 다 아빠 때문인걸.”

“그게 왜 아빠 때문이야? 미안해야 하는 건 돼지네 아저씨라고.”

“이층 사장님이 그런 거 아니야. 아빠가 물어봤어. 너희가 오해한 거야. 내일 유리문에 있는 거 깨끗이 지워.”

“싫어!”

봉필서가 버럭 소리를 질렀지만, 아빠는 조금도 동요하지 않고 담담하게 말했다.

“아빠가 요즘 들어서 가장 안심이 되는 게 하나 있는데, 그게 뭔지 알아?”

“뭔데?”

조금 추웠다. 아빠 말이 하나도 들리지 않는다. 뭐라도 더 입고 나올 걸 그랬다.

"나한테 가족이 있다는 거야. 우리가 가족이라서 정말 다행이라고 생각해. 누가 했든 우리 가족 중 한 사람이 한 거니까 지우는 게 좋겠다."

다행이라는 말이 이럴 때 쓰는 말인지 잘 모르겠다. 가족으로 묶여 있으니까, 누가 했든 모두의 책임이라는 말처럼 들렸다. 나는 이상하게 이 모든 게 아빠 탓처럼 느껴졌다. 가족을 책임져야 하는 입장이면서 오히려 불안하게 만드는 것 같았다. 아무래도 아빠는 또 변명이 하고 싶은 걸지도 모른다. 아무 말도 듣고 싶지 않았다. 나는 봉필서와 아빠를 두고 먼저 옥상에서 내려왔다.

범인의 발견

'뺀 새끼'가 그대로다. 봉필서도 그대로다. 여기서 분명한 사실은 '나쁜 새끼'를 봉필서가 썼다는 것이다. 그런데 내가 왜? 내가 왜 그걸 지워야 하지? 그래서 나도 가만히 있기로 했다.

이층을 지날 때마다 눈이 저절로 유리문을 향했다. 안 보려고 할수록 더 그랬다. 행여나 아저씨랑 마주칠까 봐 불안하기도 했다. 내가 왜 이래야 되는지 모르겠다. 정작 걱정해야 할 녀석은 말짱한데. 봉필서는 아무 일도 없다는 듯이 지나다녔다. 오히려 유리문을 째려보고 다닐 정도다. '나' 자가 지워진 게 분하다는 듯이.

그런데 며칠 후에 보니 '뺀 새끼'가 변신을 했다. 진화라고 해야 되나? 누군가 '나' 자 대신 '예' 자를 써 놓은 것이다. '나뺀 새끼'가

'예쁜 새끼'가 되었다. 돼지네 아저씨 말고는 그런 짓을 할 사람이 없다. 재동이 형 글씨체는 내가 잘 알고, 한 글자이지만 어른 글씨체였다.

시집 못 간 돼지에 '예쁜 새끼'가 있다고 소문이라도 났는지, 손님들이 하나같이 웃으며 가게에 들어갔다. 들어갈 때부터 기분이 좋으니 음식 맛이야 어떻든 상관없을 것이다. 아저씨 덩치가 산만해서 느려 터졌을 거라고 생각했는데, 두뇌 회전 하나는 재빠르다. 봉필서도 이 사실을 알고 있을까?

녀석도 금방 알아챘다. '예쁜 새끼'가 일주일 만에 지워지고 있었다. 단단히 굳은 글씨를 봉필서가 열심히 긁어내는 중이다. '쁜 새끼'는 봐줄 수 있지만 '예쁜 새끼'는 봐줄 수가 없었나 보다.

"도와줄까?"

그냥 갈까 하다가 녀석 혼자 애쓰는 게 짠해서 넌지시 물었다.

"……."

대답이 없다. 나도 연장통에서 끌을 찾아 들었다. 도와는 주지만, 뭘 해도 얄밉고 뭘 해도 재수가 없는 녀석이다.

'새' 자를 지우면서 녀석을 살짝 돌아봤다. 입을 꽉 다물고 있었다. 입 주위가 부들부들 떨릴 정도였다. 분위기가 심상치 않았다. 나는 못 본 척하고 열심히 글자를 지우는 데 집중했다. '새' 자를 얼추 다 지웠을 때 돼지네 아저씨가 다가왔다. 유리문 안쪽에서 우리를 지켜봤다. 그것도 팔짱까지 끼고 말이다. 잘 지우고 있는지 감시하기 위해서 나온 것이다.

열심히 지우고 있는데 아저씨가 팔짱을 풀었다. 그러고는 문을 열고 나오려다 말고 다시 안으로 들어갔다. 뭘 봤는지 놀란 표정이었다. 이상해서 녀석을 돌아봤다. 봉필서가 울고 있었다. 눈물이 두 뺨으로 끊임없이 흘러내렸다.

"야, 왜 그래? 나머지는 내가 할 테니까 올라가."

나도 모르게 이런 말이 튀어나왔다. 녀석은 내 말이 끝나자마자 연장을 내려놓더니 진짜로 올라가 버렸다. 이럴 때 대개는 '괜찮아, 끝까지 할 거야.' 이런 말이 나와야 하지 않나? 이상하게 억울한 생각이 들었다.

마지막 글자를 다 지우고 티끌처럼 남은 점들을 지울 때까지 손님이 두 팀이나 들어갔다. 다 먹고 나온 손님은 한 팀이었다. 모르는 아저씨가 "어린 학생이 수고가 많네."라고 하면서 어깨까지 두드려 줬다.

돼지네 아저씨가 한참 후에 나와서 내게 물었다.

"필서가 왜 우냐?"

"제가 어떻게 알아요?"

"나 때문에 운 건 아니지?"

"모른다니까요."

"난 그냥 지켜만 봤다. 너도 알고 있지? 난 한마디도 안 했다! 그치?"

"……."

"필중아, 가서 말 잘해야 한다."

"뭘요?"

"내가 한마디도 안 했다고. 필서 혼자 운 거라고 말이야."

"전 아무것도 몰라요."

"넌 할 줄 아는 말이 '몰라요'뿐이냐?"

"네."

"알았다, 녀석아. 내가 이따 올라가서 말하마."

아저씨가 아주 크게 한숨을 쉬었다. 들어가면서 "요즘 애들이 말이야……." 어쩌고 하는 소리가 들렸다. 나도 연장통을 챙겨 들고 집으로 올라갔다. 이제 이층은 이걸로 끝이다. 숙제 하나를 해결한 것 같았다.

그날 저녁, 돼지네 아저씨가 갈비를 갖다 주었다. 한우라는 말을 여러 번 했다. 일등급이라는 말도 덧붙였다. 아빠가 고맙다고 했다. 솔직히 말해서 갈비는 진짜 맛있었다. 봉필서는 먹지 않았지만. 융

통성 없는 놈.

갈비를 너무 많이 먹은 탓일까? 자는데 배가 무진장 아팠다. 안 깨려고 버티고 버티다가 똥 싸기 직전에 화장실로 달려갔다. 단단히 탈이 난 것 같았다. 화장실을 두 번이나 갔다 와서야 속이 좀 편해졌다. 다시 자려고 누웠지만 쉽게 잠이 올 것 같지 않았다. 봉필서도 잠이 깼는지 뒤척거렸다. 비염 때문에 자꾸만 훌쩍였다. 그런데 듣다 보니 그냥 훌쩍이는 게 아니었다. 녀석이 울고 있었다.

"그만 잊어버려. 참치도 좋은 곳으로 갔을 거야."

"그런 거 아니야……."

"글씨 지운 게 그렇게 억울하냐? 어쩔 수 없잖아."

"그런 거 아니라니까."

"그럼, 왜 우는데? 뭐가 그렇게 분한데?"

녀석이 일어나더니 책상에 있는 스탠드를 켰다. 그리고 서랍에서 봉투 하나를 꺼내 들었다.

"뭔데?"

침대에서 내려와 녀석과 마주 앉았다.

봉투 안에는 '쥐싹, 쨈'이 들어 있었다.

"이거 아직도 가지고 있냐? 재수 없게!"

내가 봉투를 밀어냈다.

"그거 아냐. 쓰레기봉투에 있던 건 벌써 버렸단 말이야."

"그럼 이건 뭔데?"

"아무래도 아빠가 참치를 죽인 것 같아아아……."

녀석은 숨죽인 채 눈물 콧물을 줄줄 흘리며 울었다.

며칠 전, 봉필서는 아빠 작업방에 들어갔다고 한다. 아빠는 외출 중이었고, 나는 피시방에서 늦게 온 날이라고 했다. 무엇을 찾으려고 들어갔지만 결과적으로 너무 놀라서 찾으려던 건 까마득하게 잊은 듯했다. 아빠 책상에 참치랑 비슷한 개들이 그려진 책이 있었다고 한다. 그 책을 뒤적거리다가 책갈피 사이에서 '이걸' 발견한 것이다.

"그럴 수도 있잖아. 엄마가 쥐 때문에 난리를 피우니까 아빠가 해결하려고 산 거 아닐까?"

"그거 아니거든. 이게 있던 페이지가 문제야."

"책 내용을 말하는 거야?"

"응."

하필이면 그 페이지에는 개가 조심해야 하는 음식이나 행동들이 있었다. 특히 식사 훈련을 잘해야 한다고 쓰여 있었단다. 음식에 대한 참을성이 없으면 백 가지 훈련이 다 소용없다면서 주의하라고 했다. 약을 탄 음식을 먹을 수도 있고 지나친 식탐은 생명을 위험하게 한다고 겁을 준 모양이다. 수상한 점은 그걸 강조한 문장에 밑줄까지 그어져 있었다고 한다.

우연히 그 페이지에 그 문장이, 그리고 봉투가 있었을 뿐이다. 밑줄과 '쥐싹, 쨈'은 아무 상관도 없을 것이다. 확대 해석은 위험하다.

"꼴랑 그거 가지고?"

"내가 바보냐? 그것 말고도 더 있단 말이야."

"그게 뭔데?"

하루는 필서가 집에 일찍 온 날이었다. 옥상에서 엄마와 아빠가 싸우고 있었다고 한다. 옥상까지 올라가서 싸우는 게 이상해서 몰래 들었단다.

"아빠가 참치를 도로 데려가라고 소리를 질렀어."

"처음부터 참치 키우는 거 반대했잖아."

"반대 정도가 아니었어. 참치를 억지로 끌고 가려고 했다니까? 엄마는 막 울면서 말렸어. 엄청 이상했단 말이야. 너도 생각해 봐. 단순히 개 키우기 싫다고 그렇게 하겠냐?"

"진짜로 싫었나 보지."

"싫다고 그렇게까지 해?"

"귀찮으니까. 나도 그런데 뭘……."

"엄마가 참치 도로 데려갈 거면 이혼하자고 말했는데도?"

"진짜?"

"그래, 진짜!"

이혼 소리에 심장이 덜컹 내려앉는 것 같았다. 엄마 아빠가 이혼할지도 모른다는 생각은 진작부터 했다. 하지만 고작 개 키우는 거 가지고 이혼을? 지나가던 개가 웃을 일이다.

"그렇다고 아빠가 참치를 죽였다는 건 말이 안 돼."

"참치를 무진장 미워한 건 맞아."

"……."

할 말이 생각나지 않았다.

"요즘 엄마가 아빠한테 너무하잖아. 회사 그만두고 나서 더 심해졌고. 매일 아빠만 보면 한숨이나 쉬고, 그 지겹다라는 말은 내가 들어도 지겹더라."

"그렇다고 참치를 죽이냐?"

"지금 이혼 당하면 아빠는 거지가 될 거야. 돈도 한 푼 없을걸? 일할 생각도 안 하잖아."

"이제 하겠지."

"그럼 뭐 하냐? 금방 그만둘 텐데."

"아무리 그래도 이건 말이 안 돼."

"며칠 전에 아빠가 옥상에서 한 말은? 이게 다 아빠 탓이라고 한 말, 너도 기억하지? 넌 일찍 내려가서 모르겠지만 아빠가 심하게 괴로워했단 말이야. 자기가 죽인 거라면서."

어디서부터 잘못된 것일까? 아빠가 진짜 참치를 죽인 걸까? 차라리 돼지네 아저씨가 범인인 게 나았다. 적어도 그땐 무작정 미워하면 됐으니까.

나는 정말이지 의심이나 소문이 싫다. 의심은 소문을 만들어 내는데, 그 덩어리가 작을 때 더 위험한 법이다. 얼마나 커질지 모르기 때문이다. 의심이 착각으로 결론 날 때는 그나마 다행이지만, 대부분의 의심은 반드시 상처를 남긴다.

우리 반 회장 영호의 의심이 바로 그렇다.

"너, 윤서 좋아하냐?"

"아니."

"좋아한다고 우리 반에 소문이 났는데?"

"그냥 소문이야."

"진짜?"

"응."

"윤서도 그러던데."

여기서 깜짝 놀랐지만 아무렇지 않은 척했다.

"뭐라고?"

"네가 자꾸 웃는다고. 자기 보고 웃는다면서 불편하대."

"웃으면 불편한 거구나. 이제 안 웃을게. 됐지?"

"봉필중!"

"왜?"

"윤서랑 나랑 사귀는 거 알지?"

"알아!"

가슴이 뜨끔했다. 내가 웃는 게 그렇게 불편했나? 그렇게 표시가 날 정도로 웃었던가? 그래서 결심했다. 윤서 앞에서 절대로, 절대로 웃지 않겠다고 말이다. 그런데 왜 자꾸 가슴이 쓰린 걸까? 콕콕, 누군가 뾰족한 걸로 찌르는 것 같았다.

아빠에 대한 의심은 점점 덩어리가 커지고 있었다. 애정리에 다녀온 후로 집 안은 그야말로 얼음 왕국이다. 엄마가 몰래 우는 것도 봤다. 한밤중에 불 꺼진 식탁에 앉아 울었다. 아빠가 엄마한테 한마디도 안 하는 날이 많아졌다. 아빠는 매일매일 밖으로 나가기 시작했다. 그것도 한 번 나가면 늦게 들어왔다.

다시 예전으로 돌아간 것이다. 아빠는 바빠졌고 엄마는 무엇인가 불안한 사람처럼 보였다. 참치가 떠난 우리 집은 어딘가가 뻥 뚫린 것 같았다. 봉필서도 그걸 느꼈는지 도통 공부에 집중하지 못했다. 기계적으로 학원을 오갔다.

그리고 며칠 뒤에 엄마 아빠가 싸우는 소리에 잠을 깼다. 우린 각자의 침대에 앉아 그 소리를 고스란히 들어야만 했다.

"내가 지겨워 죽겠어! 당신이 그걸 왜?"

엄마가 울먹이면서 말했다.

"나도 살아야 할 거 아냐."

"그래서 참치한테 그랬냐? 그딴 개는 필요 없다 이거지?"

"바보 같은 소리 좀 작작해. 난 아직 준비가 안 됐단 말이야. 왜 그렇게 이해를 못 하냐?"

"나는? 난 어떨 거 같아? 정말 지겹다, 지겨워. 그놈의 개 새끼도, 당신도 이젠 다 지겨워. 다 그만두자!"

참치 소리가 나오자 봉필서 침대가 흔들렸다. 덩달아 내 침대도 꿈틀댔다. 누군가 현관문을 아주 세게 닫고 나가 버렸다. 슬리퍼 끄는 소리가 들렸다. 엄마였다.

부모들은 싸운다. 서로를 헐뜯고 원망하고 저주하기도 한다. 우리는 알고 있다. 저 원망과 저주들이 방향을 잃고 우리에게 올 때도 있다는 걸. 하지만 난 무섭지 않다. 단단히 문을 잠그고 있으면 된다. 어떤 말로도 열 수 없는 강하고 거대한 문 말이다. 어른들은 절대로 열 수 없는 그런 문이면 충분하다.

다음 날, 엄마는 여느 날처럼 아침밥을 차리고 있었다. 아빠는 여전히 자고 있는 듯했다. 어른이 되면 저렇게 연기를 잘하게 되는 걸까? 마치 어젯밤에 아무 일도 없었던 것처럼 다른 날과 똑같았다.

"두꺼운 점퍼 꺼내 놨어. 그거 입고 가."

엄마가 이상한 나무를 우려낸 물을 따라 주었다. 몇 달 전부터 온 가족이 이걸 마시고 있다. 그런데 봉필서가 잔을 들고 일어서더니 그대로 싱크대에 물을 버리는 게 아닌가!

"뭐 하는 짓이야?"

엄마 눈썹이 꿈틀댔다. 눈썹 사이에 주름이 생겼다.

"나는 그냥 물 마실래."

"안 돼!"

엄마가 다시 물을 따랐다.

"물도 내 마음대로 못 마셔?"

봉필서가 소리를 질렀다. 그때 아빠가 방에서 나왔다. 졸음이 가득한 얼굴이었다.

"그래! 못 마셔. 여기서 내가 해 주는 밥을 먹는 사람은 이거 마셔야 돼."

우리를 향해서 말했지만 아빠 들으라고 하는 소리였다. 아빠도 엄마 몰래 이 물을 버리기 때문이다. 엄마도 알고 있었다.

"그런 게 어딨어?"

"그런 게 여깄어!"

봉필서가 가방을 잡아챈 뒤 현관문을 열면서 엄마를 향해 말했다.

"엄마 밥 안 먹으면 되잖아!"

그러고는 문을 꽝 닫고 나가 버렸다.

엄마는 식탁 의자에 털썩 주저앉았다. 아빠도 소파에 가서 앉았다. 나는 천천히 가방을 메고 집을 나섰다. 가슴이 답답했다. 차가운 공기로도 뚫리지 않았다.

봉필서 문은 그리 단단하지 않은 것 같다. 바보 같은 녀석!

그까짓 개

참치는 나한테 그까짓 개다. 그까짓 학교, 그까짓 윤서, 그까짓 쓰레기, 그까짓 봉필서, 그까짓 아빠. 세상에 있는 그까짓 것들만큼 시시한 개가 바로 참치다. 난 더 이상 참치에 대해서 생각하지 않기로 했다. 왜냐하면 그까짓 개 하나 때문에 내 인생이 흔들리는 게 싫기 때문이다. 그러니까 아빠가 범인인지 아닌지도 궁금해하지 않을 것이다.

요가 학원 대신 명상 학원에 다니는데 그것도 빼먹고 피시방에 갔다. 진짜 명상을 할 기분이 아니었다. 오늘따라 게임이 잘되었다. 벌써 레벨 업을 두 번이나 했다. 마법사 요나를 만나러 가는 길이 점점 가까이 다가온다. 요나를 만난다면 단칼에 베어 버릴 것이다.

요나의 저주 따위는 믿지 않으니까.

키보드를 미친 듯이 두드리고 있을 때였다. 언제 왔는지 재동이 형이 다가왔다. 나도 모르게 주위를 둘러보았다. 나를 아는 애들이 있나 하고 말이다.

"딴 데 가서 앉아. 형이 옆에 있으면 신경 쓰인단 말이야."

"그럼 네가 가진 잼마 검, 나 주면 안 돼?"

"싫어!"

뒤도 돌아보지 않았다.

"넌 5단계도 깼잖아. 잼마 검 필요 없잖아."

"싫다고 했잖아. 딴 데 가서 앉으라니까."

"알았어. 그런데 3단계 지나면 잼마 검 필요 없는데……. 거기 몬스터들은 잼마 검으로는 죽지도 않는데……."

"알고 있거든! 내 맘이니까 신경 끄란 말이야. 필요하면 상점 가서 사든가. 안 갈 거야?"

옆에 서 있는 재동이 형이 거슬렸다. 요즘은 나를 아는 애들이 본다 해도 놀리지 않지만 여전히 신경이 쓰였다.

"치!"

형이 주섬주섬 자기 물건을 챙겼다. 살짝 미안해서 형을 돌아봤다. 그런데 형 얼굴에 멍이 들어 있었다. 볼 언저리가 붉게 부었다.

맞은 게 틀림없었다.

“누가 그랬어?”

키보드에서 손을 떼고 다급하게 형 팔을 붙잡았다. 순간, 내 기사가 몬스터에게 물리고 말았다. 화면 가득 ‘DEAD’라는 빨간 글자가 떴다.

“아, 이거? 별거 아냐.”

형이 가방을 멨다.

“잠깐 앉아 봐.”

형이 잽싸게 내 옆자리에 앉았다.

“자세히 말해 봐. 누가 그랬어?”

“…….”

“말 안 할 거야?”

“경락이랑 싸웠어.”

“왜?”

“걔가 내가 침 뱉었다고 말했어.”

“치사한 새끼네. 그래서?”

“그 형이 나한테 와서 막 따졌어. 멱살까지 잡고.”

“담임한테 이르지 그랬어?”

“아니! 이젠 절대로 식판 나르는 거 안 한다고 분명히 말했어.”

"진짜? 그러래?"

"죽을래? 그랬어."

"나 좀 보고 얘기해."

나는 답답해서 형 얼굴을 내 쪽으로 돌렸다. 자꾸만 다른 쪽을 보고 얘기하는 것 같아서다.

"너 보고 있어."

형 고개가 다시 돌아갔다.

"그래서? 그다음에 뭐랬어?"

"죽어도 안 할 거니까 마음대로 하라고 그랬고, 형 대신 고무 끼우는 것도 안 한다고 했어. 이제 그런 거 시키면 선생님한테 얘기할 거라고 말했어. 그런데 그 형이 우는 거야. 나는 멱살도 안 잡았는데."

"왜?"

"내가 무서웠대. 난 아무 짓도 안 했는데. 근데 경락이가 선생님한테 가서 일렀어. 내가 형한테 겁줬다고."

"형도 말하지 그랬어? 그 새끼가 먼저 그런 거라고."

"그냥 혼났어. 다음에 또 그러면 엄마 오라고 할 거래."

"경락이라는 새끼, 진짜 치사하네! 고자질 대마왕이구나? 그래서 싸운 거야?"

"응, 난 세 대 맞았는데 경락이는 두 대 맞았어. 비슷하지?"

"뭐가 비슷하냐? 형이 한 대 더 맞은 거잖아."

"한 대 차인데 뭘……. 그런데 필중아?"

"응."

"기분이 좋았어."

"그래도 앞으로 싸우지 마……. 안 아파?"

"아파."

"그 음료수 캔 볼에다 대고 있어. 그럼 괜찮아질 거야. 아줌마가 보면 난리 나겠네."

나는 한숨을 폭 내쉬었다. 형은 내가 그러거나 말거나 컴퓨터 모니터에 뜬 'START' 버튼을 클릭했다.

속으로 형한테 맞짱 뜨라고 한 걸 후회했다. 싸움에 '싸' 자도 모르는 형이다. 아이들이 눈 병신이라고 놀리고, 바보라고 놀려도 씩 씩대는 게 전부였다. 그런 형을 대신해서 싸우는 건 내 몫이었다. 오죽하면 친형이냐고 놀릴 정도였다. 이 말을 한 동네 형이 있었다. 덩치가 무진장 커서 중학생일지도 모른다고 생각했다. 초등학교 3학년이었던 내 눈에는 더 거대하게 보였다.

이후에도 그런 일은 종종 벌어졌다. 나는 형이 조금씩 부담스러워졌다. 형을 대신해서 싸워야 하는 것보다 형과 비슷한 종족으로 보일까 봐 걱정을 했다. 형과 함께 세트로 묶이는 게 싫었다. 나는 형을 피해 다녔고 나중에는 모르는 척했다. 어려울 줄 알았는데 아주 쉬운 일이었다.

바지 속의 휴대폰이 부들부들 떨렸다. 벌써 세 번째 오는 전화다. 참지 못하고 휴대폰을 꺼냈다. 엄마한테 온 부재중 전화가 세 통, 문자도 네 통이나 와 있었다. 이상했다. 평소에 엄마는 내가 학원에 가든지 말든지 신경 쓰지 않는다. 공부를 가르치는 학원이 아니니까 당연한 일이다. 심지어 학원 가는 길에 피시방으로 샌다 해도 그러려니 했는데, 오늘은 왜 이렇게 연락을 하는 걸까?

봉필서가 학교에 가지 않았다는 문자였다. 학교에 갔다가 조퇴한 것도 아니고, 학원을 땡땡이친 것도 아니고 아예 가지 않았다는 것이다. 학교, 학원, 집밖에 모르는 녀석이다. 그 흔한 피시방도 안 가는데…….

나는 얼른 가방을 챙겨 들고 집으로 향했다. 사고가 난 걸까? 납치라도 당한 걸까? 아니다. 그러기엔 심하게 똑똑한 놈이다. 그렇다면 아침에 엄마한테 대들고 나간 거랑 상관이 있나? 별별 상상을 다 하게 된다.

집에 도착해 보니 엄마가 종이를 펼쳐 놓고 전화를 하고 있었다. 봉필서 반 아이들 전화번호였다. 학원에 같이 다니는 아이들 전화번호는 다른 종이에 있었다.

"아, 예. 다나는 학원에 있다고요. 그래요, 고마워요. 별일 없겠죠. 아침에 제가 조금 혼냈거든요……."

그러다 송화기 쪽을 막고 나한테 말했다.

"필서 책상 좀 뒤져 봐. 일기장 같은 거 있나. 아, 네, 고마워요."

엄마가 손짓으로 얼른 들어가라고 했다. 봉필서 일기장을 만들어서라도 내놓아야 할 판이다.

방에 들어서자마자 책상부터 뒤지기 시작했다. 한 번도 궁금하지 않았던 녀석의 책상 속을 뒤지고 있자니 기분이 이상했다. 그동안 녀석의 고민이나 생각 따위가 궁금하지 않았는데, 이제는 모든 게 궁금했다. 남은 가능성은 가출뿐이다. 나는 상상만 했던 가출을 녀석이 실행한 것이다. 어디서 그런 용기가 난 걸까? 공부만 하는 샌님이 말이다. 마치 굉장한 걸 녀석에게 빼앗긴 것처럼 억울한 생각이 들었다.

먼저 집어 든 것은 수첩이다. 일기장 같은 건 아예 보이지 않았다. 요즘도 수첩을 쓰는 녀석이 있다니 웃음이 났다. 넘겨 보니 별거 없었다. 학원 스케줄이 빼곡히 적혀 있고, 용돈 쓴 내역도 있었다. 어쩌나 꼼꼼한지 내가 돈을 꿔 간 날짜와 시간까지 적혀 있었다. 언제 갚겠다는 메모와 함께.

다음에는 물감이랑 붓, 피리, 탬버린, 그리고 유치원 때나 읽었을 것 같은 그림 동화책도 나왔다. 제목이 《곰 사냥을 떠나자》다. 이런 걸 왜 가지고 있는지 모르겠다. 곰 사냥 따위를 아직도 믿고 있는 걸까?

게다가 상자 속에서 나온 피규어들을 보니 어이가 없었다. 내가 4학년 때 학교 앞에서 뽑은 것들이다. 종류별로 시리즈별로 다 모으려고 했지만 중간에 그만뒀다. 어떤 녀석이 오만 원짜리 진짜 건담을 가져온 날이었다. 일 년 가까이 모아 온 것들이 순식간에 가짜가 되었다. 가짜를 잊는 데는 그리 오랜 시간이 걸리지 않았다. 그런데 봉필서는 이걸 왜 가지고 있는 걸까? 피규어를 좋아하지도 않는데 이상한 일이었다. 그렇다고 돌려 달라고 할 수도 없었다. 버린 걸 도로 달라고 하는 건 쪽팔리니까.

아무리 뒤져 봐도 녀석이 가출을 할 만한 단서는 나오지 않았다. 여전히 밖에서는 엄마의 통화 소리가 들려왔다. 어질러진 물건들을 다시 정리했다. 책상에 이어 서랍을 정리할 때였다.

맨 아래 서랍을 닫으려는데 느낌이 이상했다. 서랍이 끝까지 닫히지 않았다. 다시 열고 안을 들여다봤지만 어두워서 잘 보이지 않았다. 손을 최대한 깊숙이 넣었다. 서랍 너머 손가락 끝에 무엇인가 닿았다. 검지와 중지로 간신히 건져 낸 건 까만 비닐봉지였다.

열어 보니 팬티였다. 팬티…….

봉필서 팬티다. 무슨 팬티인지 단번에 알아봤다. 내용물이 딱딱하게 굳어 있었다. 그날 밤, 첫 몽정의 흔적이다. 얼른 바지 주머니에 팬티를 구겨 넣었다. 엄마 눈치를 보며 방을 나섰다. 통화하느라 정신이 없었다. 베란다로 가서 세탁기를 열었다. 빨래들이 잔뜩 들어 있었다. 맨 아래에 팬티를 쑤셔 넣었다.

거실로 돌아와 보니 엄마가 이모할머니와 통화하는 것 같았다. 필서를 찾으러 나간 아빠도 막 들어왔다.

"거기에 있다고? 언제 왔는데?"

아빠가 엄마 앞에 바투 앉았다.

"한 시간이나 됐다고? 아휴, 내가 지겨워 죽겠어. 이모는 왜 이제야 전화해. 내가 피가 마르는 줄 알았단 말이야……."

엄마 눈에서 눈물이 흘렀다. 아빠가 휴지를 뽑아서 엄마 앞에 놨다. 엄마가 한 손으로 휴지를 집어 눈물을 닦아 냈다. 그걸로 코까지 풀었다.

봉필서가 간 곳은 애정리였다. 나도 봉필서도 지금껏 혼자 가 본 적이 단 한 번도 없다. 주로 아빠 차로 갔고, 엄마와 버스를 타고 간 것도 손에 꼽을 정도다. 애정리까지 한 번에 가는 버스도 없는데 혼자 거길 갔다는 게 믿어지지가 않았다. 정말이지 새록새록 놀라게 만드는 녀석이다.

다음 날, 나는 아침 일찍 버스를 타러 갔다. 강원도 부자면 애정 1길 12-6에 가야 한다. 덕분에 학교는 가지 않았다. 현장 학습이라는 거창한 과제를 수행하는 중이다. 그런데 가족과 동반하지 않고 나 혼자 가고 있다. 순전히 사기다. 이모할머니가 나를 보내라고 했단다. 엄마 아빠도 오지 말고 나만 말이다. 아, 처음으로 학교에 가고 싶었다.

버스는 생각보다 좋았다. 엄마가 버스표를 끊어 주었는데 우등 버스다. 버스에도 우등생이 있었다. 역시 대한민국답다. 일등만 아는 더러운 세상! 평창에서 시내버스로 갈아탔다. 이 버스는 마을 마을마다 섰다. 길이 꼬불꼬불해서 그런가, 속이 자꾸만 뒤집혔다. 아까 먹은 핫바가 자꾸만 나오려고 했다.

버스에 오르면서 부자면이 나오면 알려 달라고 기사 아저씨한테 부탁했다. 걱정 말고 한숨 푹 자란다. 그런데 자는 건 고사하고 이어폰을 끼고 음악도 들을 수 없었다. 버스는 덜컹거리고 휘청거리지, 할머니들은 옆에 앉은 사람도 모자라 통로 너머 사람과도 떠들어 대지, 기사 아저씨가 틀어 주는 뽕짝 음악은 귀를 막고 싶을 정도였다.

아무리 기다려도 다 왔다는 소리가 없었다. 불안해서 앞으로 종종 걸어갔다. 버스가 흔들려서 그렇게 걸어야만 했다.

"아직 멀었어요?"

"어디?"

맙소사! 아저씨만 철석같이 믿고 있었는데.

"부자면이요."

"응, 기다려라. 쪼오~금만 가면 나온다."

"진짜요? 아직 안 온 거 맞죠?"

"그렇대도."

도저히 믿을 수가 없었다. 앉아서도 머리를 쭉 빼고 앞만 쳐다봤다. 부자면 읍내는 몇 번 가 봐서 나도 알고 있기 때문이다. 한참을 달린 것 같은데 다 왔다는 소리가 없다. 다시 한 번 아저씨한테 다가갔다.

"아직 안 온 거 맞죠?"

"어디라고 했지?"

아저씨가 룸미러로 나를 보며 웃었다.

"부자면이라고 아까 말했잖아요오!"

내가 큰 소리로 말하자 사람들이 순간 조용해졌다. 그러고는 아무 일도 없다는 듯이 다시 떠들기 시작했다.

"잉, 다음, 다음, 다음에 내리믄 된다."

"다음이 세 번이에요?"

아저씨가 이상하다는 듯이 쳐다봤다. 무슨 소리냐는 표정이다. 세 정거장만 가면 된다는 소리인가? 내 자리로 와서 정거장 숫자를 세어 보기로 했다.

다음, 다음, 다음 정거장이 아닌 다음, 다음 정거장이었다. 버스 앞유리 너머 봉필서가 보였다. 나를 기다리고 있었던 것이다. 버스에서 내리면서 기사 아저씨를 향해서 한마디 했다.

"다음, 다음 정거장이거든요!"

아저씨가 별 미친 녀석을 다 봤다는 표정을 지었다. 내가 째려보려고 할 때 버스 문이 닫혔다.

버스가 출발하자마자 토하기 시작했다. 뭉개진 핫바가 나왔다. 봉필서가 등을 두드려 주었다. 쪽팔렸다. 녀석을 한 번 흘겨보고는 걷기 시작했다. 여기서 십오 분은 걸어가야 한다. 봉필서는 아무 말도 안 하고 내 뒤를 따라왔다.

우리는 말없이 양쪽으로 논밭이 펼쳐져 있는 시멘트 길을 터덜터덜 걸었다. 다들 시골이라고 하면 흙길만 있는 줄 안다. 그러나 요즘은 시골도 웬만하면 집 앞까지 시멘트를 깔아 놓았다. 주변의 논은 죄다 휑했다. 추수가 끝나서 검붉은 흙이 겉으로 드러나 있었다. 그나마 밭에는 고랑마다 잎사귀가 넓은 채소가 있었는데 고구마 아니면 감자일지도 모른다. 예전에 이모할머니 밭에서 본 적이 있다. 그렇게 걷다 보니 저만치 솔밭이 보였다. 산이 아니고 평지에 소나무들이 여러 그루 자라 있다. 그 너머가 애정리다.

"그쪽 아냐."

솔밭 입구에 다다르자 봉필서가 말했다.

"할머니네 이사했냐?"

"참치 묻힌 곳 말이야. 거기부터 갔다 온다고 했어."

맞다! 여기에 참치가 묻혔다. 그래서 녀석이 여기에 온 것이다. 그새 까먹고 있었다.

솔밭을 돌아서 가자 이모할머니가 일구는 밭이 나왔다. 그렇게 넓지는 않은 거라고 했다. 내가 보기에는 충분히 넓은 것 같은데. 밭 가장자리에 작은 무덤이 있었다. 잔디를 입혔지만 아직도 붉은 흙이 많이 보였다.

"인사해."

녀석을 돌아봤다. 감수성 완전 폭발이다. 벌써 사춘긴가?

"안녕."

그래도 인사는 했다. 하라니까 한 거다.

"아빤 아니래……."

"거봐. 내가 그럴 줄 알았다. 근데 어떻게 알았냐?"

"할머니가 엄마 걸고 얘기했어."

"엄마?"

"응, 할머니는 자식도 없고 엄마가 유일한 가족이잖아. 거짓말은 아닐 거야."

그런 말을 믿다니, 녀석은 아직 어리고 순진했다. 어쩌면 필서도 나처럼 이모할머니 말을 믿고 싶은 건지도 모른다. 아빠를 의심하는 게 힘이 들어서 말이다.

"당연하지. 할머니가 한 얘기라면 틀림없을 거야. 거짓말 같은 거 절대 못 하시잖아. 어떨 때는 너무 진실만 말해서 우리를 열받게 할 정도니까. 하여튼 내가 미치겠다. 넌 진짜 연구 대상이다!"

"미안하다고 했잖아."

"나한테 미안해할 필요는 없다. 엄마가 충격 좀 먹은 거 같더라."

"화 많이 났지?"

"그렇지, 뭐……. 근데 그까짓 개 새끼가 뭐라고 학교도 빠지고, 가출까지 하냐? 가출을 하려면 좀 더 근사한 걸로 하면 안 되겠니? 내가 봤을 때 네 인생에서 처음이자 마지막으로 하는 가출일 텐데 이딴 건 시시하잖아."

"……."

"하여튼 머리 좋다고 사는 것도 쉬운 건 아닌가 보다. 딱 너 보니까 알겠네. 춥다, 가자!"

녀석이 내 뒤를 말없이 따라왔다. 너무 조용하다 싶을 때 녀석이 웅얼거렸다.

"뭐라고?"

뒤돌아서 물었다.

"그까짓 개 아니라고. 나한테 참치는 그까짓 개가 아니란 말이야. 넌 내가 죽어도 그렇게 말할래? 그까짓 놈이라고?"

"……."

이번에는 내가 아무 말도 하지 못했다. 생각해 보니 참치는 그까짓 개가 아니었다. 적어도 봉필서한테는 진짜 가족이었다. 그러면 난? 나는 조금도 참치한테 미안하지 않았던 걸까? 녀석의 죽음에 내 책임은 없는 걸까?

참치가 이층 쓰레기봉투를 뒤졌다고 말하지 못했다. 괜한 오해를 받고 싶지 않아서였다. 아니, 참치를 가족이라고 생각하지 않았기 때문이다. 가족이라면 그 일에 책임을 져야 한다. 이런 막연한 미안함이 아니라. 나는 녀석을 그까짓 개로 생각한 것이다. 내가 필요하면 이용하고 귀찮으면 무시해 버리는 장난감처럼 말이다. 가짜라고 욕하면서 버린 피규어처럼…….

봉필서는 내가 버린 피규어를 오랜 시간 동안 간직하고 있었다.

어떤 마음이었는지 이제야 얼핏 알 것도 같았다. 피규어를 가지고 봉필서와 놀던 기억이 떠올랐다. 순전히 나쁜 편이 필요해서였다. 늘 나쁜 편만 했던 봉필서는 그래도 의리를 지킨 셈이다. 그게 나쁜 놈이든 좋은 놈이든 한때는 내 편이었던, 내가 가지고 놀던 장난감에 대한 의리. 봉필서의 의리는 이런 거였다. 참치의 죽음에 대한 미안함, 보고픔, 내가 키우던 개에 대한 의리였다.

봉필서는 참치에게도 분노가 있고, 아픔이 있고, 기쁨이 있다는 걸 알았다. 우는 걸 알았고, 웃는 걸 알았고, 말하는 걸 알아들었다. 봉필서가 참치와 나눈 것들이 무엇인지 그땐 알지 못했다. 녀석이 참치한테 얻은 게 위로였는지 기쁨이었는지, 아니면 정말 동생한테 줄 수 있는 사랑 같은 낯간지러운 감정이었는지…….

이제야 분명히 알 수 있었다. 봉필서가 '그까짓 놈'이 아니듯 참치도 '그까짓 개'가 결코 아니었다는 걸.

"아, 드럽게 춥네."

나는 요란하게 몸을 떠는 척했다.

"가자. 할머니가 고구마 쪄 놨어."

"또? 얼마나?"

녀석과 나는 나란히 걸었다. 참치 무덤을 슬쩍 뒤돌아봤다.

세상에 말 걸기

어쩐지 학교에 가고 싶더라니, 괜히 그랬던 게 아니었다. 내가 쓴 시가 교내 백일장에서 입선을 했다고 한다. 입선, 남들은 그것도 상이냐고 웃을지도 모른다. 대상, 최우수상, 우수상, 동상, 장려상, 그다음이 입선이다. 입선만 열 명도 넘는다.

인생 통틀어 '상장'이라고 부르는 종이를 처음 받아 봤다. 아, 그러고 보니 4학년 때 '봉사상'이란 걸 받은 적이 있긴 하다. 분리수거를 남들보다 잘했다고 준 상이다. 내가 분리수거하는 걸 보기나 하고 준 상인지 의심이 갔다.

그런데 이 상은 그런 상이랑 완전히 다르다. 내가 무엇인가를 하고 받은 상이다. 상장을 생활영어 책 사이에 끼워 넣었다. 생활영어 책이 상장만 한 크기라 안성맞춤이었다.

시를 쓰는 데 소질이 있다고 생각해 본 적이 없다. 책이랑은 더더욱 친하지 않았다. 나는 가만히 앉아 듣는 것보다 눈으로 읽는 게 어려웠고, 눈으로 읽는 것보다 쓰는 건 더 어려웠다. 그런 내가 자발적으로 무엇인가를 쓴 데다, 제법 잘 썼다고 상까지 받은 것이다. 진짜 시인이 된 것 같았다.

한 번도 하고 싶은 일이 없었다. 되고 싶은 것도 없었다.

가끔 어른들이 물었다.

"넌 꿈이 뭐냐?"

그럼 난 이렇게 대답했다.

"없는데요."

어른들은 걱정한다. 어떻게 꿈이 없느냐, 하고 싶은 일이 없느냐고 말이다. 대통령이라도 되고 싶다고 말하란다.

난 꿈도 없고, 되고 싶은 것도 없고, 하고 싶은 것도 없지만 나만 그런 게 아니다. 다른 아이들도 마찬가지다. 어른들이 자꾸 물어보니까, 그런 게 없으면 꿈도 없는 한심한 놈이라고 생각할까 봐 억지로 지어낸다.

그걸 듣고 어른들은 또 이렇게 말한다.

"우리 애는 나중에 유엔 총장이 꿈이래요."

"펀드 매니저가 꿈이래요."

"공무원이 꿈이래요."

"선생님이 꿈이래요."

우리는 유엔이, 펀드가, 공무원이, 선생님이 뭔지도 모른다. 관심도 없다. 그냥 수업 시간에 선생님이 오늘 날짜를 떠올리며 내 번호를 부르지 않길 바랄 뿐이다. 점심을 혼자 안 먹길 바랄 뿐이고, 반 일짱한테 걸리지 않는 하루가 되길 바랄 뿐이다.

나는 바라고, 또 바란다. 제임스가 사는 닭장과 꼭 닮은 이 교실에 우리를 앉혀 놓고 똑같은 것을 가르치며 똑같은 꿈을 꾸라고 강요하지 말라고. 우리는 나이만 같지, 다 다르다고 말하고 싶다. 그러니까 다른 꿈을 꾸어도 된다고, 어쩌면 꿈 같은 건 없어도 된다고.

그런데 처음으로 되고 싶은 것이 생겼다. 시인이다. 상장까지 받았으니 시인이 될 수도 있다. 생활영어 책을 앞에 놓고 있자니 자꾸 웃음이 난다. 인터넷으로 시인이 뭘 하는 사람인지 자세히 알아보기로 했다. 물론 시인이 시를 쓰지 뭐 하겠냐고 하면 할 말이 없지만.

시인은 많기도 많았다. 시는 그것보다 몇천 배 더 많았다. 집 앞 잡초 가지고도 시를 쓰고, 우주를 노래하기도 했다. 시인은 세상의 모든 걸 가지고 시를 썼다. 어떤 시인은 이렇게 말했다. '세상에 말을 거는 법'을 아는 사람이 시인이라고 말이다. 세상한테 말을 건다? 흠, 어렵긴 하다. 그래도 괜찮다. 너무 쉬우면 그것도 시시하니까.

필서가 달라졌다. 재동이 형도 달라지고, 무엇보다 놀랄 만큼 달라진 건 로라였다.

형이 닭장을 뚫어져라 보고 있었다.

"로라가 이상한 짓을 한다면서?"

"응, 조금만 기다려 봐."

로라는 열심히 자기 털을 뽑았다. 자세히 보니 그새 부쩍 마른 것 같았다. 군데군데 허연 살까지 드러나 있다. 형이 닭장을 두드렸다. 로라도 제임스도 푸드득거렸다. 제임스는 다시 나뭇가지 위에 올라갔고, 로라는 바닥을 서성였다. 그러면서도 부리로 깃을 고르고, 쓰다듬고, 매만졌다. 그러다 제 마음에 들지 않는 깃털이 있는지 부리로 털을 쏙 뽑아냈다.

"봤지?"

형이 걱정스럽게 로라를 쳐다봤다.

"쟤 미친 거 아닐까?"

형이 한숨을 쉬었다.

"딱 보니까 알겠네. 로라가 외로워서 무진장 화가 났네."

"화? 그럼 어떻게 해야 하지? 닭장을 따로 만들어 줄까?"

"에이, 그럼 더 화가 나지! 아니, 그땐 진짜 울지도 몰라."

"암탉은 못 울어."

"못 우니까 깃털이라도 뽑는 거라고."

"차라리 닭장을 따로따로 만들어 줘야 할까 봐. 깃털을 전부 다 뽑아 버리기 전에."

"따로따로 살면서 외로운 것보다는 같이 있으면서 깃털이라도 뽑는 게 나을 거야."

"무슨 소리야? 하나도 못 알아듣겠다."

형이 로라가 뽑은 깃털을 한곳에 모았다. 마치 지저분한 솜뭉치 같았다.

"형, 형도 혼자 있으면 외롭지? 그래도 옆에 누군가 있으면 덜 외롭잖아. 그 사람이 형이랑 놀아 주지도 않고, 아는 척하지 않아도 말이야."

"음……, 맞는 거 같아. 나도 옛날에 그랬던 것 같다."

"옛날에?"

쭈그리고 앉아 있는 형을 내려다봤다. 짧은 머리카락 사이로 두 개의 가마가 보였다.

"네가 나랑 안 놀아 줬을 때 말이야……."

"내가 언제 그랬는데?"

"옛날에 그랬어. 근데 나랑 안 놀아 줘도 네 옆에 있는 게 좋았거든. 네가 막 다른 데 가서 놀라고 화내고 그랬는데도……."

가슴이 싸하게 아려 왔다. 형도 기억하고 있었다. 내가 형을 수없이 버렸다는 걸.

"……간다. 뭔 일 있으면 전화해."

여기서 도망쳐야 한다. 잽싸게 자리에서 일어섰다.

"필중아?"

"응?"

"저러다 죽는 건 아니겠지? 참치처럼 말이야."

"재수 없게 그딴 소리를 왜 하냐? 로라는……, 지금 열심히 제임스한테 말을 걸고 있는 거라고."

"무슨 말?"

"자기를 봐 달라고 말이야. 너무 걱정하지 마. 나중에 제임스도 알 거야."

마치 어른들처럼 얘기해 버리고 말았다. 나중에, 나중에……. 그 나중이 너무 늦지 않길 바랐다.

애정리에 다녀온 후로 필서는 꼬박꼬박 형이라고 부른다. 사실 그날 밤, 필서한테 참치 죽음에 내 책임이 있다고 말했다. 녀석은 어른스러웠다. 담담하게 들었고 오히려 날 위로했다. 참치가 이층까지 내려와 쓰레기봉투를 뒤진 건 자기가 사료 말고 다른 음식을 줘서 그런 거라며 울먹였다. 참 어색한 시간이었다.

그런데 다음 날부터 필서가 날 형이라고 불렀다. 마치 태어날 때부터 '형'이라고 부른 것처럼 자연스러웠다. 들을 때마다 간지럽고 낯설었다. 그럼에도 불구하고 그 소리가 싫지는 않았다.

요즘 필서가 나한테 자주 말을 건다. 나도 예전보다 필서를 자주 찾는 것 같다. 필서만 변한 게 아니라 우리 둘 다 변한 걸까?

필서한테 상장을 보여 줬다. 뭐, 좀 쑥스럽긴 했다.

"와아, 대단하다! 무슨 시를 쓴 거야? 나는 여태 시 같은 건 생각해 본 적도 없는데."

"조용히 해."

"왜?"

"엄마가 들어."

"당연히 엄마한테 말해야지. 상장도 받았는데."

"야, 그렇게 대단한 건 아니라니까……."

내 말이 끝나기도 전에 필서가 상장을 들고 나갔다. 아무한테도 말하고 싶지 않았다. 진짜다. 녀석이 왜 저렇게 나대는지 모르겠다.

엄마는 상장을 보고도 시큰둥했다. "잘했네." 그 말뿐이었다. 봉필서가 가져다주는 상장에 너무 익숙해져서 이런 상쯤은 성에도 안 찬다는 반응이다. 필서 머리통을 한 대 쥐어박은 뒤 상장을 들고 방으로 들어와 버렸다.

잠시 후 엄마는 무슨 교육을 가야 한다면서 피자를 시켜 주고는 나가 버렸다.

"엄마, 무슨 교육이냐?"

피자는 아직도 따뜻했다. 한쪽을 돌돌 말아서 베어 물었다.

"몰라. 형도 모르는구나……."

"너랑 더 친하잖아."

"엄마랑 아빠랑 이혼하면 형은 아빠랑 살 거야?"

뜬금없었지만 예상하지 못한 질문도 아니었다.

"넌?"

"모르겠어. 아직 결정 못 했어. 난……, 형 따라갈 거야."

"나? 엄마 아빠 상관없이?"

"형이 아빠랑 살면 나도 아빠랑 살고, 형이 엄마랑 살면 엄마랑 산다고."

"왜?"

"심심하잖아."

"이기적인 놈! 그럼 한 명은 혼자 살아야 하잖아. 그냥 따로따로 살자."

"그런가? 그럼 우리도 따로따로 살아야 하는 거네……."

"……."

우리는 남은 피자를 먹기만 했다. TV는 혼자 떠들고 있었다. 이상하게 피자 맛이 예전만 못했다. 주인이 바뀌기라도 한 걸까?

드디어 첫눈이 왔다. 첫눈이 오는 날에는 많은 것이 이루어진다. 짝사랑을 하는 애들은 고백을 하고, 밀당만 하던 애들도 데이트를 한다. 심지어 첫눈이 오면 아이스크림을 공짜로 준다고 광고도 했다. 우리 동네 중국집도 짜장면을 시키면 탕수육 '소'짜리가 공짜라고 했다.

거리에 먼지 같은 눈이 나풀나풀 내리고 있었다. 함박눈은 아니지만 첫눈은 첫눈이었다. 한 남자가 횡단보도를 건너고 있었다. 옆모습이 아빠랑 비슷했다.

남자는 검은 안경을 쓰고 지팡이를 짚고 있었다. 사람들이 힐끔힐끔 남자를 쳐다봤다. 나 역시 마찬가지였다. 남자는 아빠와 비슷한 외투를 입고 있었다. 순전히 그래서였다. 많이 본 것 같은 외투와 바지, 짙은 색 선글라스를 썼지만 너무도 닮은 얼굴이었다. 무작정 남자를 따라갔다.

남자는 지팡이 다루는 법이 서툴렀다. 지팡이를 짚고 가다가 들고 가기를 반복했다. 안경을 벗기도 했다. 뒷모습이었지만 손에 든 안경이 보였다 말았다 했다. 끊임없이 무엇인가를 확인하는 것 같았다. 길을 찾는 것 같기도 하고, 가게를 찾는 것 같기도 했다. 보도블록을 세는 것 같기도 하고, 가로수를 세는 것 같기도 했다. 걷는 내내 지팡이를 옆구리에 끼고 가다가 어느 순간, 지팡이로 길을 더듬더듬 짚어 가며 걷기도 했다.

남자는 그렇게 일곱 정거장이나 걸어서 전철역에 도착했다. 전철역 뒤쪽, 유흥가가 밀집한 골목 안으로 사라졌을 때 잠깐 고민했다. 더 따라가야 할지 그만두어야 할지. 고민은 잠깐이었다. 나도 모르게 골목 안으로 들어섰다. 교복을 입고 이 시간에 골목에 있는 아이는 나뿐이었다. 사방에 노래방, 카페, 모텔, 술집이 즐비했다. 이곳은 우리가 잘 가지 않는 곳이었다.

앞서가던 남자는 꽤 높은 건물 앞에서 멈춰 섰다. 지팡이를 접고, 안경도 벗어서 외투 주머니에 넣었다. 그리고 건물에 박힌 간판을 올려다보았다. 나도 간판을 올려다봤다. 모텔이었다. 맨 위층에 '안마 시술소' 간판이 아주 크게 매달려 있었다. 남자는 그 건물 안으로 다빡다빡 걸어 들어갔다.

먼지 같은 눈이 어느새 솜털만 해졌다. 얼굴 위로 눈이 떨어졌다. 몸이 부르르 떨렸다. 간판 불이 하나둘씩 켜지기 시작했다.

집에 오자마자 아빠 작업방에 들어갔다. 무수히 많은 책들이 쌓여 있었다. 작은 모니터 앞에는 여러 장의 CD도 있었다. 대부분 영화랑 다큐 프로그램이었다. 아빠는 요 몇 달 이 방에서 무엇을 한 걸까? 무엇을 찾고 있었을까?

아빠처럼 책상 앞에 앉아 눈을 감았다. 되감기 버튼을 누른 것처럼 과거의 기억이 차례차례 되살아났다. 엄마가 죽어라 끓여 대던 물이며, 아빠의 멍들이 떠올랐다. 그리고 아빠의 차 사고와 전에 없던 주정들까지……. 무심코 지나쳤던, 아니 일부러 외면했던 일들이 밀물처럼 몰아닥쳤다.

눈을 떴다. 책상 위에 쌓인 책 중에서 한 권이 눈에 띄었다. 꺼내서 펼쳐 보았다. 필서가 '쥐싹, 쨈'을 발견한 그 책이었다. 필서 말대로 개들 사진이 잔뜩 있었다. 참치와 많이 닮은 개들이었다. 그런데 필서가 놓친 것이 있었다. 아마도 쥐약 때문에 흥분해서 못 본 것 같다. 참치는 시각 장애인 안내견이었다.

어떤 사람은 눈을 완벽한 기관이라고 했다. 그래서 이런 기관은 신만이 만들 수 있다고도 했다. 독수리관 앞에서 아빠가 해 준 말이다. 그땐 이 말이 새의 깃털만큼, 부리만큼 그렇고 그런 얘기로 들렸다. 문득 아빠의 눈이 궁금해졌다. 선글라스를 쓰고 지팡이를 짚어야 하는 이유가 궁금한 것처럼 말이다. 아빠는 지금 무엇을 하고 있는 걸까?

손이 떨렸다. 가슴이 두근두근 크게 뛰었다. 책들을 다시 한 번 훑어봤다. 눈에 관한 의학 서적, 안구 건강 요법, 눈에 좋은 민간요법, 눈……, 눈……. 눈물이 손등에 뚝 하고 떨어졌다.

바보 같은 나는 아빠를 자세히 보지 않았다. 늘 아빠가 못해 준 것만 기억하려 했다. 투덜대고 비웃었다. 아빠가 하는 말을 그냥 흘려들었다. 그렇게 많은 신호들이 있었는데도, 멍청이처럼 알아채지 못한 것이다.

첫눈은 폭설이 되었다. 여기저기서 퇴근길 사고가 잇따랐다. 저녁 뉴스 내내 떠드는 통에 집에 가만히 앉아서도 알 수가 있었다. 덕분에 온 식구가 모여서 TV를 보게 되었다. 첫눈이 폭설이 된 것만큼 놀라운 일이었다.

나는 아빠를 마주 볼 수가 없었다. 어쩌다 보더라도 아빠 눈을 보게 되었다. 훔쳐보는 내 시선을 아빠도 느낀 것 같았다.

"올해는 눈이 많이 온다네. 작년에는 별로 안 추워서 수도관 터지는 거 걱정 안 했는데……."

엄마 걱정에 아빠가 대꾸했다.

"눈 구경 실컷 할 수 있겠네."

"당신은 그걸 말이라고……. 아니다, 실컷 봐 놔."

엄마가 고개를 숙였다. 묘한 침묵이 흘렀다. 아빠가 조용히 일어나 작업방으로 들어가 버렸다. 아빠가 사라지자 엄마도 일어섰다. 우리도 서둘러 방으로 들어갔다. 아무도 보지 않는 TV만 혼자 떠들고 있었다.

잠깐 그친 눈이 자정이 되자 다시 내리기 시작했다. 나는 필서가 잠이 든 걸 확인하고는 옥상으로 올라갔다. 그런데 나보다 먼저 온 사람이 있었다. 아빠였다.

"눈이 참 조용하게 내리지?"

삼거리 가로등이 내리는 눈을 더 환하게 밝히고 있었다. 먼지에 그림자가 있다면 딱 저런 모습이었을 것이다.

"응."

"비는 조금 시끄럽잖아."

"……응."

마지못한 내 대답이 시원찮은지 아빠 목소리가 더 높아졌다.

"허허, 녀석……, 필중이 너 무슨 일 있지? 이래 봬도 아빠가 눈치 백 단이야."

"……."

"어? 진짜 무슨 일 있구나?"

아빠가 놀라면서 허리를 숙여 나를 봤다. 머리에 뒤집어쓴 모자에 눈이 하얗게 내려 앉아 있었다.

"우는 거야?"

"……."

"필중아……."

절대로 울고 싶지 않았다. 아니, 아는 척하지 않으려고 단단히 다짐도 했다. 순전히 눈 때문이다. 눈이 이렇게 많이 내리지만 않았어도, 이게 첫눈만 아니었어도 끝까지 모르는 척했을 거다.

"다 안단 말이야……. 아빠가 어떤지 다 안다고……."

참지 못하고 터져 나온 울음이 말을 집어삼키고 말았다.

"알아 버렸구나……."

아빠도 말을 삼켰다. 한동안 우리는 그렇게 서 있었다. 내가 울음을 그칠 때까지 기다리는 듯했다. 아빠가 아주 길게 한숨을 쉬었다. 하얀 입김이 피어올랐다.

그리고 아빠의 고백이 이어졌다. 아빠는 시력을 잃어 가고 있었다. '망막 색소 변성증'이라는, 이름도 어려운 병이었다. 아빠가 보는 세상은 자꾸만 좁아지고 어두워진다고 했다. 움직이는 모든 것들이 아주 천천히 가기도 했다. 그렇게 보이던 세상이 언젠가는 아예 보이지 않게 될 거라고 설명했다.

"아빠도 처음에는 아주 많이 화가 났어. 하필이면 왜 나냐고 수없이 물었지. 그래서 미웠어. 모든 게 미웠어. 세상 모든 것들에게 화가 났지. 그런데 필중아?"

"……."

"참치 때문에 알았어. 내가 얼마나 비뚤어진 인간인지. 아빠, 형편없지?"

참치는 사고가 나서 더 이상 안내견을 할 수가 없었다. 보통 이런 개들은 일반 가정에 분양되었다. 그게 바로 우리 집이었다.

"참치를 볼 때마다 화가 났어. 당장 내가 눈이 먼 사람처럼 느껴졌거든. 그런데 아빠가 얼마나 이기적인지 아니? 아무도 없을 때 참치를 데리고 옥상에서 걸어 본 적이 있어. 눈을 감고 말이야. 이상하게 안심이 되더라. 눈을 감고 걷는데도 무섭지가 않더라고."

아빠가 손을 뻗어 내리는 눈을 손바닥으로 받았다.

"난 비겁했어. 흐흐, 참치가 죽고 나서야 지팡이를 잡을 수 있는 용기가 생기더라고……. 지팡이를 짚고 나니까 다른 세상이 있다는 걸, 그제야 알았어. 참치가 내게 보여 주려던 세상일 거야."

아빠가 웃었다. 아니 웃으면서 울고 있었다. 고개를 숙인 아빠의 어깨가 흔들렸다.

‘아빠……, 미안해.’

차마 이 말이 입 밖으로 나오지 않았다. 내 몸도 아빠를 따라서 흔들렸다.

참치가 살던 옥상에 찍힌 아빠와 내 발자국 위로 눈이 소복하게 내려앉고 있었다.

건투를 빈다!

드디어 시집 못 간 돼지네가 문을 닫았다. 장사가 잘 안 돼서 그렇다고 했다. 내가 바라던 바였지만 보증금도 다 까먹었다는 소리를 들은 날은 이상하게 미안했다.

한때는(물론 내가 기억도 못 할 만큼 어릴 때다.) 이 삼거리도 장사가 꽤 잘되는 골목이었다고 한다. 주택가로 들어가기 위해서 반드시 지나가야 하는 골목이기 때문이다. 골목 밖, 6차선 도로가 생기고 건너편에 대단위 아파트 단지가 들어서면서 골목 안 가게들이 문을 닫기 시작했다. 대로변에 화려한 가게들이 들어섰기 때문이다. 대로변과 골목 안은 보이지는 않지만 분명한 금이 그어진 것 같았다. 돼지네 아저씨도 그 금을 넘지 못한 것이다.

이층을 지나가는데 이미 식탁과 의자들이 빠진 후였다. 돼지네 아저씨가 메뉴판을 멀뚱히 바라보고 있었다. 아저씨와 눈이 마주쳤다.

"필중아! 잠깐 들어와 봐."

"왜요?"

"이것 좀 가져가라."

아저씨가 주방 쪽으로 들어가더니 까만 비닐봉지 하나를 들고 나왔다. 봉지를 건네는데 술 냄새가 났다.

"고기다."

"갈비요?"

"돼지고기다."

봉지는 생각보다 묵직했다.

"내가 놓은 쥐약 때문에 참치가 죽은 거 아니지? 형님은 아니라고 하지만 왠지 찜찜해서 말이야."

"그거야 모르죠."

"하여튼 녀석……."

아저씨가 웃었다. 웃으니까 열 살은 어려 보였다.

"그런데 가게 그만두는 거예요?"

"그래, 녀석아. 너 좋겠다."

"제가 왜 좋아요?"

"너 우리 가게 싫어했잖아. 내가 모를 줄 알고."

"꼭 그런 건 아니에요. 냄새는 좀 그랬지만……."

"더 넓고 깨끗한 곳으로 이사 가는 거야. 진짜야! 여기서 돈 좀 벌었거든. 내가 장사의 신 아니냐? 어릴 때부터 장사에 소질이 있었거든. 다음에는 2호점, 3호점 이렇게 해서 가게를 늘려 갈 거다. 필중이 너도 나중에 할 거 없으면 아저씨 찾아와라."

아저씨는 말이 끝나기가 무섭게 크게 웃었다. 억지로 웃는 건 표가 났다.

"전 할 거 있거든요!"

"당연하겠지. 어린이는 꿈이 있어야지. 우리 때는 꿈을 먹는 어린이라는 말도 있었다."

"저 어린이 아니거든요! 그리고 꿈을 어떻게 먹어요? 꿈은 그냥 꾸는 거라고요. 꾸다가 깨면 완전 황당하지만……."

"아, 그래? 네 말 듣고 보니 맞는 것 같다. 나도 꿈이 있었지. 내 꿈이 뭐였는지 아냐?"

"제가 아저씨 꿈을 어떻게 알아요."

"내가 왕년에 권투 선수였어."

"권투요?"

깜짝 놀랐다. 어쩐지 저 주먹이 예사롭지 않더라니.

"권투 좀 아냐?"

"아니요."

"진짜 운동이지. 남자의 운동 말이다. 내 별명이 팔기였다."

"팔기요?"

"그래, 일곱 번 넘어져도 여덟 번 일어나는 칠전팔기의 그 팔기 말이다."

"아, 그거요……."

내 반응이 시시하게 들렸는지 아저씨가 정색을 하면서 말했다.

"칠전팔기가 말처럼 쉬운 게 아니야. 아무리 두들겨 맞아도 여덟 번 일어난다는 건 보통 사람들이 할 수 있는 게 아니지. 맷집이 있어야 일어날 수 있거든. 권투에서 맷집은 훅이나 어퍼컷만큼 중요한 거다."

아저씨는 턱을 당겨서 몸 쪽에 붙이고 주먹을 오른쪽으로 크게 휘둘렀다. 진짜 권투 선수의 폼이었다.

"혹시 부상 같은 거 당해서 그만둔 거예요? 영화에서 보면 다들 그렇던데."

"아니, 언제부턴가 넘어졌는데 일어나기가 싫더라고. 일어나면 또 맞아야 하니까. 그래서 그만뒀다."

"에, 뭐예요? 시시하게."

"그렇지? 시시하지. 나도 그렇게 생각해. 그런데 그땐 말이다, 그렇게 맞고 쓰러져도 반드시 일어났어. 일어나면 엄청난 환호성이 들렸거든. 나를 응원하는 소리 말이다. 모든 사람들이 내 이름을 외쳤지. 어떤 상대도 무섭지 않았어. 난 맷집도 좋았고 일어나면 멋진 환호성을 들을 수 있었으니까."

"그런데요?"

"인생이 시시해지는 건 한순간이더라. 아프다는 걸 안 순간, 일어나면 또 맞을 거라는 걸 안 순간 시시해지지. 환호성은 경기에 지는 순간 사라진다는 걸 알아 버린 거야."

링 위에 쓰러진 아저씨를 상상하는 건 쉬웠다. 링 위에서 환호성을 받으며 돌고 있는 아저씨보다.

"어, 어쩐지 아저씨 주먹이 굉장하다고 생각했어요……."

순전히 위로 같은 말이었다. '어쩐지 공부 잘하게 생겼네.'라는 말이랑 비슷한 거였다.

"그렇지? 이게 보통 주먹이 아니거든. 지금은 이 손으로 고기를 잡지만, 사실 그것도 소질이 있더라."

아저씨가 주먹을 쥐었다 펴면서 다시 웃었다.

"이 손으로 잡은 고기다. 맛있게 먹어라."

"잘 먹을게요."

돌아서려는데 아저씨가 한 방을 날렸다. 이게 바로 훅이다.

"필서보다 공부 못하고 키 작다고 너무 기죽지 마라."

"네?"

"우리 아부지가 형만 한 아우가 없다고 했거든. 내 동생은 회사 다니는데 난 이래 봬도 사장이잖냐?"

이걸 위로랍시고 하다니, 진짜 예의가 없는 아저씨다.

나는 서둘러 인사를 하고 가게를 나왔다. 계단을 오르고 있는데 밑에서 아저씨가 나를 다시 불렀다.

"봉필중!"

"네?"

"건투를 빈다!"

아저씨가 큰 주먹을 들어 올렸다.

아마도 아저씨가 권투를 하게 된 것은 저 주먹 때문이 아니라 맷집 때문일지도 모르겠다. 그래서 권투를 끝까지 하진 못했을 것이다. 왜? 세상은 맞는 사람보다 때리는 사람한테 유리하니까.

명상 수업이 한창이다. 가부좌를 틀고 공을 쥔 것처럼 손바닥을 둥그렇게 말고 있으면 우주의 기가 내 몸에 들어온다고 했다. 명상 학원 도사님이 한 말이다. 처음에는 집중이 안 돼서 자꾸만 눈을 뜨고 옆사람을 훔쳐보기 일쑤였다. 물론 조는 날이 더 많았다.

그러던 어느 날, 머릿속에 아무 생각도 나지 않았다. 그것은 흡사 '멍 때리기'와 비슷했다. 나중에서야 도사님이 알려 주었다. 그게 바로 무아지경이란다. 나를 잊고, 상대를 잊고, 세상을 잊고, 우주를 잊는 일. 내가 우주의 작은 먼지가 되어 헤엄치는 중이란다.

"지이이이이잉! 지이이이이잉!"

지구로부터의 신호가 나를 불렀다. 전화가 온 것이다. 다른 사람들의 우주마저 박살나는 순간이었다. 눈을 뜨고 주위를 둘러보니 모두가 나를 째려보고 있었다. 얼른 일어나 교실에서 빠져나왔다.

재동이 형이었다. 후딱 짐을 싸 들고 재동이 형네 옥상으로 갔다. 형은 닭장 앞에 쪼그리고 앉아 있었다.

"왜 그러는데?"

"이거 봐. 털이 달라졌지?"

로라가 맞는지 확인해 보라는 것이다.

깃털이 많아졌다. 더 길어 보이기도 했고 빛깔도 선명해졌다. 로라는 목을 빳빳이 빼고 걷다가 자기 깃을 부리로 골랐다. 더 이상 깃털을 뽑지 않았다.

"로라가 맞긴 한데……, 너무 예뻐졌는데?"

내가 말하자 형이 되물었다.

"혹시 발정긴가?"

"그런 것도 알아?"

"내가 바보라서 그런 것도 모를 줄 알아?"

"내가 언제 바보라고 했냐?"

"나도 안다, 뭐……."

"아니라니까……. 혀엉?"

제대로 사과를 하고 싶었다. 나중에, 라는 비겁한 핑계를 대고 싶지 않았다.

"미안해."

"뭐가?"

"그냥 다 미안해. 이젠 절대로 도망치지 않을게. 진짜야."

형은 아무 말도 하지 않았다. 내가 무엇을 사과한 건지 아는 것 같았다. 다리가 저려서 일어섰다. 형도 따라서 일어섰다.

"이제 알을 낳을지도 몰라."

"알? 그게 뭐가 중요해?"

"알을 낳아야 로라가 외롭지 않잖아."

"형, 생각해 보니까 꼭 알을 낳아야 외롭지 않은 건 아닌 것 같아. 알을 낳는다고 해도 로라는 계속 외로울지도 몰라."

"왜? 알을 낳으면 절대로 안 먹을 거야. 진짜야!"

"그래서가 아니야."

"그럼?"

"아줌마는 형이 있으니까 외롭지 않을까?"

"글쎄, 잘 모르겠어……."

"아마 아줌마도 우리 엄마도 우리를 낳았지만 계속 외로울 것 같아. 그건 아빠들도 마찬가지고. 잘은 모르겠는데 내가 나중에 자식을 낳는다고 해도 그럴 것 같거든."

아빠는 시력을 잃어 가면서 가장 무서운 게 외로운 거였다고 했다. 보이지 않는다는 건 모든 것이 사라진 세상에 혼자 버려진 것과 같아서 두려웠다고 말했다. 엄마도 우리도 아빠를 혼자 둔 것이다.

"맞는 것 같다. 쌀가게 아저씨가 우리 엄마가 나 때문에 외로워도 건물이 있어서 힘이 날 거라고 했어."

"거봐. 우리 엄마도 공부 못하는 나 때문에 외롭다고 했거든. 아마 필서도 황사가 오면 외로울 거야. 비염이 무지 심해지잖아. 인간은 누구나 다 외롭다고 했으니까 제임스랑 로라는 더할 거야."

형의 한쪽 눈이 날 쳐다봤다.

모두가 외롭다는 말이 무서웠을까? 형은 말을 잃고 멍하니 닭들을 바라봤다.

"제임스가 이제는 뭔가를 보여 줄 거야."

나무 기둥 위에 서 있는 제임스는 먼 곳을 보고 있었다.

"뭘 보여 주는데?"

"멋진 모습을 보여 줘야지. 로라한테 잘 보이려면 뭔가 근사한 일을 해야 할걸?"

"여기서 무슨 일을 하지?"

형이 걱정스럽게 물었다.

"멋진 일을 할 거야!"

형을 뒤로한 채 옥상에서 내려왔다.

그러고 보니 사람은 누구나 일을 하고 산다. 그래서 직업이란 게 있다. 우리가 공부를 해야 하는 것도 좋은 직업을 갖기 위해서라고 했다. 누가? 우리 담임이 한 말이다. 공부를 열심히 해야 좋은 직업을 가질 수 있고, 좋은 직업이 있어야 예쁜 여자를 만날 수 있다고 하자 한 녀석이 물었다.

"예쁜 여자 만난 다음에 뭘 해요?"

"결혼해야지, 인마!"

선생님의 대답에 우리 모두는 책상을 두드리며 환호성을 질렀다.

"그래서요? 그다음에는요?"

다른 녀석이 물었다.

"다음에는 예쁜 자식을 낳아야지. 똑똑하고 공부 잘하는 예쁜 자식으로다."

"그리고요?"

"그리고…… 그 자식은 열심히 공부해서 좋은 직업을 가지고, 예쁜 여자를 만나서……."

"에, 뭐예요? 똑같잖아요!"

"똑같지! 그런데 인류는 이렇게 반복하면서 여기까지 온 거야. 종족 번식과 우성 인자에 대한 열망으로 발전이 됐다, 이거야."

"쌤, 너어어무 어려워요!"

"그러니까 공부를 열심히 하란 말이다!"

선생님도 우리도 한바탕 웃었다.

세상에는 수천 가지 직업이 있다. 누구는 조류학자를 꿈꾸고, 누구는 천체 물리학자를 꿈꾼다. 누구는 시인을 꿈꾸고, 누구는 엄마가 되는 걸 꿈꾼다. 엄마의 꿈은 엄마가 되는 거라고 말한 적이 있다. 그게 무슨 꿈이냐고 묻자, 가장 위대한 꿈이라나 뭐라나. 로라를 보니까 엄마가 말한 게 무엇인지 조금은 알 것도 같다.

어쨌든 어른들이 말하는 '사' 자 달린 직업이 전부가 아니라는 것이다. 의사, 변호사, 회계사 따위가 직업의 대표 주자가 아니듯, 우리는 얼마든지 다른 직업을 꿈꿔도 된다. 까짓거, 예쁜 여자를 못 만나면 어떠랴? 그레이스 박은 멋진 직업을 가졌지만 남자 친구가 없고, 돼지네 아저씨도 멋진 직업이 있지만 아직은 사는 게 힘이 든다. 지금 가진 직업이 진짜 꿈인지는 모르겠지만, 적어도 내 눈에는 둘 다 멋지다. 왜? 너무 완벽한 건 솔직히 재미없으니까.

아빠도 지금 다른 걸 꿈꾸고 있다. 여태 무엇인가를 팔기만 했던 아빠가 이제는 무엇인가 주는 걸 할 거라고 했다.

"안마를 해 주면 화가 난 사람도, 몸이 아픈 사람도 괜찮아져. 아니, 오히려 시원하다고들 해. 사람 몸을 만지지만 마음을 만져 주는 거랑 비슷하거든."

"진짜?"

"응."

"너도 아빠가 창피해?"

"아니! '사' 자 중에서 가장 멋진 직업이야."

"그렇지? 엄마도 반대하지만 언젠가는 이해해 주겠지."

"당연하지. 아빠?"

"응?"

"아빠한테 건투를 빌어 줄게."

"건투?"

"돼지네 아저씨가 나한테 건투를 빌어 줬거든. 아빠한테도 필요

할 것 같아."

"그래, 우리 모두 건투를 빌자!"

아빠와 나는 오래도록 웃었다. 서로가 서로에게 건투를 빌어 주며.

• 에필로그

나와 동생

1학년 4반 봉필중

내가 심심할까 봐 낳았다고 한다.
나한테 물어보지도 않고.

사이좋게 놀라고 한다.
나한테 허락도 안 받고.
동생보다 공부도 못하냐고 따진다.
나도 그게 궁금한데.

나는 시범 게임, 동생은 본 게임
나도 연습 좀 하고 낳지.

하나는 외로워서 둘을 낳았다고 한다.
난 절대로 외롭지 않은데.

둘이니까 나눠 가지라고 한다.
나누다 보면 양보해야 하는데.

뭐든지 잘해야 한다.
내가 형이니까.

가끔은 나도 뭐든지 잘하고 싶다.
진짜 형이니까.

-성서중학교 교내 백일장 시 부문 입선작

그까짓 개

첫판 1쇄 펴낸날 2017년 2월 10일
6쇄 펴낸날 2021년 9월 27일

지은이 윤해연
펴낸이 박창희
편집 김수진 이민주 **디자인** 권은숙
마케팅 이상민 강이서 **회계** 양여진

펴낸곳 (주)라임
출판등록 2013년 8월 8일 제 2013-000091호
주소 경기도 파주시 심학산로 10, 우편번호 10881
전화 031) 955-9020, 9021 **팩스** 031) 955-9022
이메일 lime@limebook.co.kr **인스타그램** @lime_pub

ISBN 979-11-85871-62-2 44810
979-11-951893-0-4 (세트)

* 잘못된 책은 구입하신 서점에서 바꾸어 드립니다.
* 본서의 반품 기한은 2026년 9월 30일까지입니다.